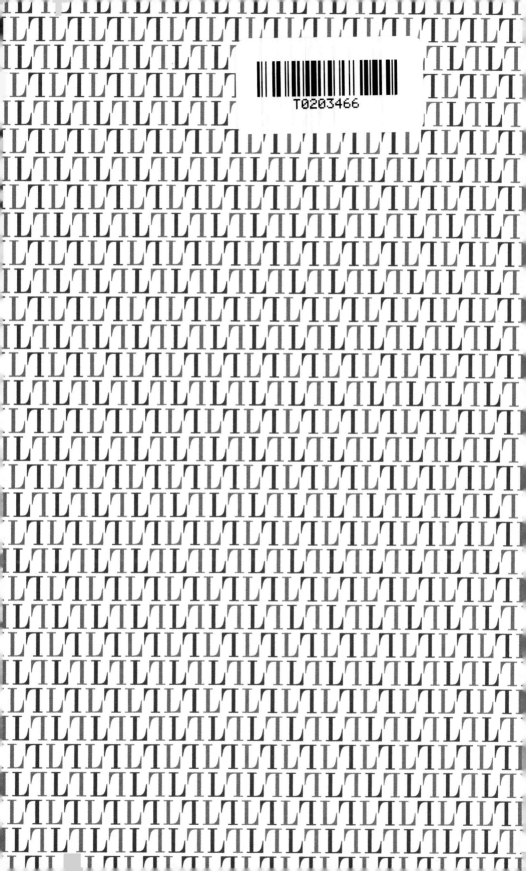

T0203466

Los días del abandono

Los días del abandono

Elena Ferrante

Traducción de
Nieves López Burell

Lumen

narrativa

Papel certificado por el Forest Stewardship Council®

MIXTO
Papel | Apoyando la
silvicultura responsable
FSC® C117695

Penguin
Random House
Grupo Editorial

Título original: *I giorni dell'abbandono*

Primera edición: marzo de 2018
Segunda reimpresión: febrero de 2024

© 2002, Edizioni e/o
© 2018, Penguin Random House Grupo Editorial, S. A. U.
Travessera de Gràcia, 47-49. 08021 Barcelona
© 2004, Nieves López Burell, por la traducción

Printed in Spain – Impreso en España

ISBN: 978-84-264-0527-2
Depósito legal: B-335-2018

Compuesto en M. I. Maquetación, S. L.
Impreso en Arteos Digital, S. L.
Martorell (Barcelona)

H 4 0 5 2 7 A

Los días del abandono

1

Un mediodía de abril, justo después de comer, mi marido me anunció que quería dejarme. Lo dijo mientras quitábamos la mesa, los niños se peleaban como de costumbre en la habitación de al lado y el perro gruñía en sueños junto al radiador. Me dijo que estaba confuso, que estaba atravesando una mala época, que se sentía cansado, insatisfecho, quizá también ruin. Habló largo y tendido de nuestros quince años de matrimonio, de nuestros hijos, y admitió que no tenía nada que reprocharnos, ni a ellos ni a mí. Mantuvo la compostura, como siempre, aparte de un movimiento exagerado de la mano derecha cuando me explicó, con una mueca infantil, que unas voces sutiles, una especie de susurro, lo empujaban hacia otro lado. Luego asumió la culpa de todo lo que estaba pasando y se fue, cerró con cuidado la puerta de casa y me dejó petrificada junto al fregadero.

Pasé la noche reflexionando, desolada en el gran lecho conyugal. Por más que analizaba la última etapa de nuestra relación, no conseguía encontrar signos reales de crisis. Lo conocía bien, sabía que era un hombre de sentimientos tranquilos: la casa y los ritos familiares eran indispensables para él. Hablábamos de todo, seguíamos abrazándonos y besándonos; a veces era tan divertido que me hacía reír hasta que se me saltaban las lágrimas. Me parecía imposible que quisiera irse de verdad. Luego caí en la cuenta de que no había cogido ni una sola de las cosas que le importaban, que incluso había olvidado despedirse de los niños, y entonces tuve la certeza de que no se trataba de algo grave. Estaba atravesando uno de esos momentos que se cuentan en los libros, cuando un personaje reacciona de modo ocasionalmente exagerado al normal descontento de vivir.

Por otro lado, no era la primera vez; a fuerza de dar vueltas en la cama, recordé el momento y los hechos. Muchos años antes, cuando solo llevábamos juntos seis meses, me había dicho, después de besarme, que prefería no verme más. Yo estaba enamorada de él, y al oírlo se me heló la sangre en las venas. Sentí frío, él se había ido y yo me había quedado en el parapeto de piedra que hay debajo de Sant' Elmo, mirando la ciudad pálida y el mar. Cinco días después me llamó por teléfono. Estaba abochornado, se justificó, me dijo que había experimentado un súbito vacío de sentido. Aquella expresión se me quedó grabada, estuvo rondándome la cabeza durante mucho tiempo.

Volvió a usarla mucho después, hacía unos cinco años. En aquella época nos veíamos a menudo con una compañera suya del Politécnico, Gina, una mujer inteligente y culta, de familia adinerada, que se había quedado viuda poco antes, con una hija de quince años. Llevábamos solo unos meses viviendo en Turín, y ella nos consiguió una bonita casa junto al río. La ciudad, a primera vista, no me gustó, me pareció de metal; pero pronto descubrí que desde el balcón de casa era hermoso contemplar el paso de las estaciones: en otoño se veía el verde del parque Valentino amarillear o arrebolarse, deshojado por el viento, y las hojas revoloteaban por el aire brumoso y se alejaban sobre la lámina gris del Po; en primavera llegaba del río una brisa fresca y reluciente que animaba los brotes nuevos en las ramas de los árboles.

Me adapté rápidamente, sobre todo porque madre e hija se desvivieron por hacerme la vida fácil, me ayudaron a familiarizarme con las calles y me acompañaron a los comercios de confianza. Pero se trataba de amabilidades con un trasfondo ambiguo. En mi opinión, no había duda de que Gina se había enamorado de Mario. Demasiadas zalamerías. A veces, yo le gastaba bromas muy explícitas. Le decía: «Te ha llamado por teléfono tu novia». Él se defendía con cierta complacencia y nos reíamos, pero con el tiempo las relaciones con aquella mujer se hicieron más estrechas y no pasaba un día sin que llamase por teléfono. Unas veces le pedía que la acompañase a alguna parte; otras ponía como excusa a Carla, su hija, diciendo que no le salía un ejercicio de química; otras buscaba un libro que ya no estaba a la venta.

No obstante, Gina sabía corresponder con generosidad equilibrada; aparecía siempre con regalitos para mí y para los niños, me prestaba su coche, nos dejaba a menudo las llaves de su casa, cerca de Cherasco, para que pasáramos en ella el fin de semana. Nosotros aceptábamos encantados, se estaba bien allí, aunque siempre había que contar con la posibilidad de que madre e hija apareciesen de improviso, desbaratando nuestras costumbres familiares. Además, a un favor había que responder con otro favor, y las amabilidades terminaron por convertirse en una cadena que nos ataba. Poco a poco, Mario fue asumiendo el papel de tutor de la hija, habló con todos sus profesores, haciendo las veces del padre muerto y, aunque estaba agobiado de trabajo, en cierto momento se sintió obligado a darle clases de química. ¿Qué podía hacer yo? Durante un tiempo intenté vigilar a la viuda; cada vez me gustaba menos cómo cogía a mi marido del brazo o le susurraba al oído entre risas. Hasta que un día lo comprendí todo. Desde la puerta de la cocina vi a la pequeña Carla, que, al despedirse de Mario en el pasillo tras una de aquellas clases, en lugar de besarlo en la mejilla, lo besaba en la boca. Comprendí de golpe que no era de la madre de quien tenía que preocuparme, sino de la hija. Quizá sin darse cuenta siquiera, aquella chica llevaba quién sabe cuánto tiempo evaluando el poder que su cuerpo ondulado y sus ojos inquietos ejercían sobre mi marido; y él la miraba como se mira desde la sombra una pared blanca bañada por el sol.

Estuvimos discutiéndolo, pero con calma. Yo odiaba los tonos de voz altos, los movimientos demasiado bruscos. Mi familia era de sentimientos ruidosos, extrovertidos, y yo, sobre todo en la adolescencia —incluso cuando me quedaba callada, tapándome los oídos en un rincón de la casa de Nápoles, agobiada por el tráfico de la via Salvator Rosa—, sentía dentro de mí una vida desbordante y tenía la impresión de que en cualquier momento se desencajaría todo por culpa de una frase demasiado hiriente o de un gesto poco sereno del cuerpo. Por eso había aprendido a hablar poco y de forma meditada, a no tener nunca prisa, a no correr siquiera para coger el autobús, a alargar lo más posible mis tiempos de reacción, llenándolos de miradas perplejas, de sonrisas inciertas. Más tarde, el trabajo me había proporcionado disciplina. Había dejado la ciudad con la intención de no volver nunca y había estado dos años en la oficina de reclamaciones de una compañía aérea en Roma. Hasta que, después de la boda, me despedí y seguí a Mario por el mundo, allí donde su trabajo de ingeniero lo reclamaba. Lugares nuevos, vida nueva. Del mismo modo, para mantener bajo control la angustia de los cambios, me había acostumbrado definitivamente a esperar con paciencia que la emoción cediera y tomara por fin el camino de la voz serena, contenida en la garganta para no dar el espectáculo.

Aquella autodisciplina resultó indispensable durante nuestra pequeña crisis conyugal. Pasamos largas noches de insomnio enfrentándonos con serenidad y en voz baja, para que los niños no nos oyeran, para evitar los ataques cargados de palabras que abriesen heridas incurables. Mario se expresaba con vaguedad, como un paciente que no sabe distinguir con precisión sus síntomas; en ningún momento conseguí que me dijera lo que sentía, lo que quería, lo que yo debía esperar. Unos días más tarde, volvió a casa después del trabajo con expresión de espanto, o quizá no era espanto de verdad, sino solo el reflejo del espanto que había leído en mi cara. El hecho es que abrió la boca para decirme algo y luego, en una fracción de segundo, decidió decirme otra cosa. Yo lo advertí tan claramente que casi me pareció ver cómo las palabras le cambiaban en la boca, pero dejé a un lado la curiosidad de saber a qué frases había renunciado. Me bastó con tomar buena nota de que aquella mala época había terminado, se había tratado solo de un vértigo momentáneo.

Un vacío de sentido, me explicó con un énfasis inusual, repitiendo la expresión que había usado años antes. Se le había metido en la cabeza de un modo que le impedía ver y oír de la forma habitual; pero ya había pasado, ya no sentía ninguna turbación. A partir del día siguiente, dejó de ver tanto a Gina como a Carla, interrumpió las clases de química y volvió a ser el hombre de siempre.

Esos eran los pocos e irrelevantes incidentes de nuestra historia sentimental; aquella noche los examiné detalladamente. Luego me levanté, desesperada por el sueño que no llegaba, y me preparé una manzanilla. Mario es así, me dije: tranquilo durante años, sin un solo instante de desorientación, y de repente lo trastorna una tontería. También esa vez lo había perturbado algo, pero no debía preocuparme, solo había que darle tiempo para que se recuperase. Permanecí levantada hasta muy tarde, delante de la ventana que daba a la oscuridad del parque, intentando mitigar el dolor de cabeza apoyando la frente contra el frío cristal. Me despabilé cuando oí el ruido de un coche que aparcaba. Miré hacia abajo, no era mi marido.

Vi al músico del cuarto piso, un tal Carrano, que subía por el paseo con la cabeza gacha, llevando en bandolera un voluminoso instrumento en su funda. Cuando desapareció bajo los árboles de la plazoleta, apagué la luz y volví a la cama. Era solo cuestión de días, luego todo se arreglaría.

2

Pasó una semana y mi marido no solo mantuvo su decisión, sino que se reafirmó en ella con una especie de cautela despiadada.

Al principio venía a casa una vez al día, siempre a la misma hora, hacia las cuatro de la tarde. Se ocupaba de los niños, charlaba con Gianni, jugaba con Ilaria, y a veces salían los tres juntos con Otto, nuestro pastor alemán, que era más bueno que el pan, para llevarlo al parque a que corriera detrás de los palos y las pelotas de tenis.

Yo fingía que tenía trabajo en la cocina, pero esperaba con ansiedad que Mario entrase a verme para que me aclarara sus intenciones o para que me dijera si ya había desenredado el lío que había descubierto en su cabeza. Tarde o temprano él llegaba, aunque de mala gana, con una expresión de disgusto cada vez más visible, a la que yo oponía, siguiendo una estrategia que se me había ocurrido durante las noches en vela, la puesta en escena de las comodidades de la vida doméstica, tonos comprensivos y una demostración de afabilidad, acompañada incluso de ocurrencias divertidas. Mario negaba con la cabeza, decía que era demasiado buena. Me conmovía, lo abrazaba, intentaba besarlo. Pero él se escabullía, subrayaba que únicamente había venido para hablar conmigo. Quería que comprendiese con qué clase de hombre había vivido durante quince años, y para ello me contaba crueles recuerdos de la infancia, alguna canallada de adolescente, trastornos molestos de la primera juventud. Solo quería decirme lo malo de sí mismo, y por más que yo intentaba rebatir su manía de autodenigración no conseguía convencerlo. Él quería a toda costa que lo viese como decía ser: un inútil, una persona incapaz de experimentar sentimientos auténticos, mediocre, a la deriva, incluso en su profesión.

Yo lo escuchaba atentamente, replicaba con calma, no le hacía preguntas de ningún tipo ni le daba ultimátums; solo intentaba convencerlo de que siempre podía contar conmigo. Pero debo admitir que, bajo esa apariencia, en mi interior iba creciendo a toda prisa una ola de angustia y de rabia que me espantaba. Una noche me volvió a la mente una figura negra de mi infancia napolitana, una mujer gorda, enérgica, que vivía en nuestro edificio, a espaldas de la plaza Mazzini. Siempre arrastraba con ella a sus hijos por los callejones atestados cuando iba a hacer la compra. Volvía cargada de verduras, fruta y pan, y llevaba, pegados al vestido y a las bolsas llenas, a sus tres pequeños, a los que gobernaba chasqueando unas pocas palabras alegres. Si me veía jugando en la escalera del edificio, se paraba, dejaba su carga en un peldaño, se hurgaba en los bolsillos y repartía caramelos, para mí, para mis compañeras de juegos y para sus hijos. Tenía el aspecto y los modales de una mujer satisfecha de su vida; además, olía muy bien, como a tela nueva. Estaba casada con un hombre natural de los Abruzos, un pelirrojo de ojos verdes que trabajaba de representante comercial, actividad que lo mantenía continuamente de viaje en su coche entre Nápoles y L'Aquila. De él yo solo recordaba que sudaba mucho, que tenía la cara enrojecida, como si tuviese una enfermedad en la piel, y que a veces jugaba con sus hijos en el balcón, haciendo banderines de colores con papel de seda hasta que la mujer gritaba con alegría: «A comer». Luego, algo se estropeó entre ellos. Después de muchos gritos, que a menudo me despertaban en plena noche y que parecía que fueran a resquebrajar las piedras del edificio y del callejón —gritos largos y llantos que llegaban hasta la plaza, hasta las palmeras, con sus arcos formados por las ramas y las hojas, que vibraban de espanto—, el hombre se marchó de casa porque amaba a una mujer de Pescara y nadie volvió a verlo. A partir de entonces, nuestra vecina empezó a llorar todas las noches. Yo oía desde mi cama su llanto ruidoso, una especie de estertor que atravesaba las paredes como un ariete y que me aterrorizaba. Mi madre hablaba de ella con sus trabajadoras mientras cortaban, cosían y hablaban, hablaban, cosían y cortaban; entretanto, yo jugaba debajo de la mesa con los alfileres, el jaboncillo, y me repetía a mí misma lo que escuchaba, palabras que estaban entre la tristeza y la amenaza: cuando no sabes retener a un hombre lo pierdes todo, historias femeninas de sentimientos acabados, qué pasa cuando una mujer muy amada se queda sin amor, sin nada. La mujer lo perdió todo, hasta el nombre (creo que se llamaba Emilia), y se convirtió para todos en «la pobrecilla»; desde entonces la llamábamos así cuando hablábamos de ella. «La pobrecilla» lloraba, «la pobrecilla» gritaba, «la pobrecilla» sufría, destrozada por la ausencia del hombre sudado de cara roja y ojos verdes de perfidia. Estrujaba entre las manos un pañuelo húmedo, y le decía a todo el mundo que su marido la había abandonado, la había borrado de la memoria y los sentimientos; luego retorcía el pañuelo con los nudillos blancos y maldecía al hombre que se le había escapado como un animal glotón por la colina del Vomero. Aquel dolor tan escandaloso empezó a molestarme. Yo solo tenía ocho años, pero me daba vergüenza ajena; dejé de ir con sus hijos, ya no olía bien. Subía por las escaleras rígida, consumida. Perdió la gordura de los pechos, de los costados, de los muslos, la cara ancha y jovial, la sonrisa clara. Su piel se tornó transparente sobre los huesos; los ojos, anegados en charcos violáceos, y las manos, de telaraña húmeda. Mi madre exclamó una vez: «Pobrecilla, se ha quedado seca como un arenque salado». A partir de aquel momento, yo la seguía todos los días con la mirada y la vigilaba mientras salía por el portón sin la bolsa de la compra, con los ojos desorbitados y el paso torcido. Quería descubrir su nueva naturaleza de pescado gris azulado, los granos de sal que debían de brillarle en los brazos y las piernas.

Aquel recuerdo también me ayudó a seguir demostrando ante Mario una afectuosa capacidad de reflexión. Pero al poco tiempo no supe ya con qué rebatir sus historias exageradas de neurosis y tormentos de infancia o adolescencia. Al cabo de diez días, puesto que también las visitas a los niños empezaban a espaciarse, noté cómo crecía dentro de mí un rencor ácido, sentimiento al que se unió en cierto momento la sospecha de que estaba mintiéndome. Pensé que, como yo le mostraba calculadamente todas mis virtudes de mujer enamorada y, por lo tanto, dispuesta a apoyarlo en aquella crisis opaca, él estaba intentando calculadamente molestarme hasta el punto de obligarme a decirle: «Vete, me das asco, ya no te aguanto».

La sospecha se convirtió pronto en certeza. Quería ayudarme a aceptar la necesidad de nuestra separación; quería que fuese yo misma la que le dijera: «Tienes razón, se ha terminado». Pero ni siquiera entonces perdí la compostura. Continué actuando con prudencia, como hacía siempre frente a los problemas de la vida. La única señal externa de mi agitación fue una tendencia al desorden y cierta debilidad en los dedos, los cuales, cuanto más crecía la angustia, con menos fuerza se cerraban en torno a las cosas.

Durante casi dos semanas me callé una pregunta que me había venido de repente a la punta de la lengua. Cuando ya no soporté sus mentiras decidí ponerlo entre la espada y la pared. Preparé una salsa con albóndigas de carne que le gustaba mucho y corté patatas para cocinarlas al horno con romero. Pero no lo hice con placer. Estaba desganada, me corté con el abrelatas, se me escurrió de la mano la botella de vino, los cristales se esparcieron por la cocina y todo quedó salpicado de vino, incluso las paredes blancas. Inmediatamente después, hice un gesto demasiado brusco para coger la bayeta y tiré también el azucarero. Durante una larga fracción de segundo me explotó en los oídos el zumbido de la lluvia de azúcar, primero sobre el mármol y luego sobre el suelo, manchado de vino. Aquello me produjo tal sensación de agotamiento que lo dejé todo tal como estaba y me fui a dormir, olvidándome de los niños y de todo lo demás, aunque fuesen las once de la mañana. Al despertarme, mientras mi nueva condición de mujer abandonada me volvía poco a poco a la cabeza, decidí que no podía más. Me levanté atontada, limpié la cocina, corrí a recoger a los niños a la escuela y esperé a que él apareciera por amor a los hijos.

Llegó por la tarde. Me dio la impresión de que estaba de buen humor. Después de las consabidas formalidades, desapareció en el cuarto de los niños y se quedó con ellos hasta que se durmieron. Cuando reapareció quería largarse, pero lo obligué a cenar conmigo, le puse en las narices la olla con la salsa que había preparado, las albóndigas, las patatas, y le bañé los macarrones humeantes con una capa abundante de la salsa roja oscura. Quería que viese en aquel plato de pasta todo aquello que, al irse, no podría volver a alcanzar con la mirada, ni rozar, acariciar, escuchar, oler nunca más. Pero no supe tener paciencia. Acababa de ponerse a comer cuando le pregunté:

—¿Te has enamorado de otra mujer?

Sonrió y luego negó sin violentarse, fingiendo sincero asombro por aquella pregunta fuera de lugar. Pero no me convenció. Lo conocía bien, siempre hacía eso cuando mentía; en general se sentía incómodo ante cualquier pregunta directa. Insistí:

—Hay otra, ¿verdad? Hay otra mujer. ¿Quién es? ¿La conozco?

Luego, por primera vez desde que había comenzado esa historia, levanté la voz, grité que tenía derecho a saber, y dije:

—No puedes dejarme aquí esperando, cuando en realidad ya lo has decidido todo.

Él entornó los párpados, nervioso, y me hizo una señal con la mano para que bajase la voz. Estaba visiblemente preocupado, tal vez no quería que los niños se despertasen. A mí, en cambio, me retumbaban en la cabeza todas las quejas que tenía guardadas; muchas palabras habían rebasado ya la línea tras la cual no eres capaz de preguntarte lo que es oportuno decir y lo que no.

—No quiero bajar la voz —masculló—, quiero saberlo todo.

Fijó la vista en el plato; luego me miró a la cara y dijo:

—Sí, hay otra mujer.

Entonces, con un ímpetu excesivo, ensartó con el tenedor un buen montón de macarrones y se los metió en la boca como para impedirse hablar, para no arriesgarse a decir más de lo debido. Pero lo importante ya lo había dicho, se había decidido a decirlo, y sentí en el pecho un dolor hondo que me privó de todo sentimiento. Me di cuenta cuando advertí que yo no reaccionaba frente a lo que le estaba pasando.

Él había empezado a comer con su habitual masticación metódica, pero de repente algo le crujió en la boca. Dejó de masticar, se le cayó el tenedor sobre el plato y soltó un gemido. Luego escupió el bocado en la palma de la mano: pasta, salsa y sangre; era sangre, sangre roja.

Le miré la boca manchada sin inmutarme, como se mira una proyección de diapositivas. De pronto, con los ojos desorbitados, se limpió la mano con la servilleta, se metió los dedos en la boca y se sacó del paladar una esquirla de vidrio.

La miró horrorizado, luego me la enseñó chillando, fuera de sí, con un odio del que nunca lo hubiera creído capaz:

—¿Qué? ¿Esto quieres hacerme? ¿Esto?

Se puso en pie de un salto, volcó la silla, la levantó y la golpeó varias veces contra el suelo como si pretendiese fijarla definitivamente a las baldosas. Dijo que era una mujer poco razonable, incapaz de comprenderlo. Nunca, nunca lo había comprendido realmente, y solo su paciencia, o quizá su debilidad, nos había mantenido unidos tanto tiempo, pero ya estaba harto. Me gritó que yo le daba miedo. Meterle un cristal en la pasta…, ¿cómo había podido? ¡Estaba loca! Salió dando un portazo, sin importarle que los niños estuviesen durmiendo.

3

Me quedé sentada un rato. Solo podía pensar que tenía a otra; se había enamorado de otra mujer, él mismo lo había admitido. Luego me levanté y empecé a quitar la mesa. Sobre el mantel vi la esquirla de vidrio rodeada de una aureola de sangre. Rebusqué en la salsa con los dedos y encontré otros dos trozos de la botella que se me había escurrido de las manos por la mañana. No pude contenerme más y rompí a llorar. Cuando me calmé, tiré la salsa a la basura; luego se me acercó Otto aullando, cogí la correa y salimos.

La plazoleta se encontraba desierta a esas horas. La luz de las farolas estaba prisionera entre el follaje de los árboles y había sombras negras que me devolvían miedos infantiles. Normalmente era Mario quien sacaba al perro; lo hacía entre las once y las doce de la noche, pero, desde que se había ido, también aquella tarea me tocaba a mí. Los niños, el perro, la compra, la comida, la cena, el dinero, todo me indicaba las consecuencias prácticas del abandono. Mi marido había apartado de mí sus pensamientos y deseos para llevárselos a otro sitio. Desde ese momento sería así, yo sola afrontaría las responsabilidades que antes eran de los dos.

Tenía que reaccionar, tenía que organizarme.

No cedas, me dije, no te precipites en una huida hacia delante.

Si él quiere a otra mujer, lo que hagas no servirá de nada, le resbalará por la piel sin dejarle huella. Comprime el dolor, contén el gesto, la voz chillona. Ten en cuenta que ha cambiado de pensamientos, se ha mudado de casa, ha corrido a encerrarse en otra carne. No hagas como «la pobrecilla», no te consumas en lágrimas. Evita parecerte a las mujeres rotas de aquel famoso libro de tu adolescencia.

Recordé la cubierta con todo detalle. Fue una lectura obligada que me impuso mi profesora de francés cuando le dije con demasiada vehemencia, con pasión ingenua, que quería ser escritora. Aquello fue en 1978, hacía más de veinte años. «Lee esto», me había dicho, y yo, diligentemente, lo leí. Pero al devolvérselo se me ocurrió una frase soberbia: «Estas mujeres son estúpidas». Señoras cultas, de situación acomodada, se rompían como juguetes en manos de hombres que no les prestaban atención. Me habían parecido sentimentalmente tontas. Yo quería ser distinta, quería escribir historias de mujeres con recursos, mujeres de palabras invencibles, no un manual de la mujer abandonada con el amor perdido dominando sus pensamientos. Era joven y tenía ambiciones. No me gustaban las páginas demasiado apretadas, como persianas bajadas del todo. Me gustaba la luz, el aire entre las tablillas. Quería escribir historias llenas de corrientes de aire, de rayos filtrados en los que bailase el polvo. Además me gustaban los autores que te obligan a asomarte por cada renglón para mirar abajo y sentir el vértigo de la profundidad, de la negrura del infierno. Lo dije con ansiedad, de un tirón, como no hacía nunca, y mi profesora esbozó una sonrisa irónica, un tanto rencorosa. Ella también debía de haber perdido a alguien o algo. Y sin embargo, más de veinte años después, a mí me estaba pasando lo mismo. Estaba perdiendo a Mario, tal vez lo había perdido ya. Caminaba estirada hacia atrás para contener la impaciencia de Otto, sintiendo el hálito húmedo del río, el asfalto frío a través de la suela de los zapatos.

No conseguía calmarme. ¿Era posible que Mario me dejara así, sin previo aviso? Me parecía inverosímil que de golpe y porrazo se desinteresara de mi vida, como quien ha regado una planta durante años y de improviso deja que se seque. No podía concebir que hubiese decidido por su cuenta que ya no me debía atención. Solo hacía dos años le había dicho que quería volver a disponer de mi tiempo, tener un trabajo que me obligase a salir de casa durante unas horas. Encontré un empleo que me interesaba en una pequeña editorial, pero él me presionó para que lo dejara. Pese a que insistí en que necesitaba ganar mi propio dinero, aunque fuese poco, aunque fuese poquísimo, él me aconsejó que no lo hiciera. Me dijo: «¿Por qué ahora, si lo peor ya ha pasado? No necesitamos dinero y tú quieres volver a escribir, pues hazlo». Me dejé convencer, me despedí a los pocos meses y contraté por primera vez a una mujer para que me ayudase en las tareas domésticas. Pero era incapaz de escribir. Desperdiciaba el tiempo en intentos tan pretenciosos como confusos. Miraba deprimida a la mujer que limpiaba el piso, una rusa orgullosa, poco dispuesta a aceptar críticas y quejas. Por lo tanto, nada de trabajo, nada de escribir, pocas amistades; las ambiciones de la juventud se deshacían como una tela demasiado vieja. Despedí a la asistenta, no toleraba que se cansase ella en mi lugar, mientras yo me dedicaba a mí misma, incapaz de llevar una vida creativa que me satisficiera. Así que volví a ocuparme de la casa, de los hijos, de Mario, intentando convencerme a mí misma de que no merecía otra cosa.

Sin embargo, era esto lo que me merecía, que mi marido me dejara y se buscara otra mujer. Se me saltaron las lágrimas, pero las contuve. Debía mostrarme fuerte, serlo, dar una buena imagen de mí. Solo me salvaría si me imponía esa obligación.

Dejé libre a Otto y me senté en un banco temblando de frío. De aquel libro de la adolescencia me vinieron a la mente las pocas frases que había guardado en la memoria: «Yo soy limpia yo soy pura pongo las cartas boca arriba». No, me dije, esas eran afirmaciones de alguien que desvaría. Para empezar, tenía que poner las comas, no debía olvidarlo. Quien pronuncia frases así, ya ha traspasado la línea; siente la necesidad de la autoexaltación y por eso se acerca al desvarío. Y también: «Las mujeres están todas calientes, quién sabe qué sienten cuando él tiene el garrote tieso». De jovencita me gustaba el lenguaje obsceno, me producía una sensación de libertad masculina. Ahora sabía que la obscenidad podía hacer saltar chispas de locura si salía de una boca controlada como la mía. Así que cerré los ojos, me llevé las manos a la cara y apreté los párpados con los dedos. La mujer de Mario. Me la imaginaba arreglada, con la falda levantada, en un urinario con el suelo resbaladizo por el semen, mientras él le sobaba el culo y le metía los dedos en el agujero. «No, basta.» Me levanté de un salto y silbé a Otto de una manera que me había enseñado Mario. ¡Fuera esas imágenes, fuera ese lenguaje! ¡Fuera las mujeres rotas! Mientras Otto corría de aquí para allá eligiendo con cuidado los lugares donde orinar, sentí en cada poro de mi cuerpo los arañazos del abandono sexual, el peligro de ahogarme en el autodesprecio y en la nostalgia de él. Me levanté, recorrí de nuevo el paseo, silbé otra vez y esperé que Otto volviese.

Me olvidé del perro, de dónde estaba. No sé cuánto tiempo pasó. Me deslicé sin darme cuenta por los recuerdos de amor que compartía con Mario; lo hice con dulzura, con una ligera excitación, con rencor. Me devolvió a la realidad el sonido de mi propia voz. Estaba recitándome a mí misma una especie de cantinela: «Soy muy guapa, soy muy guapa». Luego vi a Carrano, nuestro vecino músico, atravesar el paseo y dirigirse hacia la plazoleta, hacia el portón.

Encorvado, de piernas largas, la figura negra cargada con el instrumento. Pasó a cien metros de mí. Yo esperaba que no me viera.

Era uno de esos hombres tímidos que no controlan sus relaciones con los demás. Si pierden la calma, la pierden por completo; si son amables, lo son hasta volverse empalagosos como la miel. Con Mario había discutido a menudo, por una pérdida de agua en nuestro baño que había calado hasta su techo, o porque Otto lo molestaba con sus ladridos. Su relación conmigo tampoco era excelente, aunque por motivos más oscuros. Las veces que me había cruzado con él, había leído en sus ojos un interés que violentaba. No es que hubiera sido grosero conmigo —era incapaz de una grosería—, pero creo que las mujeres, todas las mujeres, lo ponían nervioso, y se equivocaba en las miradas, en los gestos, en las palabras, dejando involuntariamente al descubierto su deseo. Él lo sabía y se avergonzaba de ello y, quizá sin querer, me contagiaba su vergüenza. Por eso yo procuraba no acercarme a él; me alteraba incluso decirle buenos días o buenas tardes.

Lo observé mientras cruzaba la plaza, alto, más alto aún por la silueta de la funda del instrumento, delgado y no obstante de caminar pesado, con el pelo gris. De pronto, su paso tranquilo sufrió una sacudida, un amago de resbalón. Se detuvo, se miró la suela del zapato izquierdo y soltó una maldición. Luego se acercó a mí y me dijo en tono de protesta:

—¿Ha visto cómo me he puesto los zapatos?

No había nada que probase mi culpabilidad, pero enseguida le pedí perdón con disgusto y me puse a llamar, enfurecida «¡Otto! ¡Otto!», como si el perro tuviese que disculparse directamente con nuestro vecino y eximirme de la culpa. Pero Otto pasó a toda velocidad con su pelo amarillento por las manchas de luz de las farolas y desapareció en la oscuridad.

El músico restregó nervioso la suela del zapato en la hierba del borde del paseo y después la examinó con meticulosa atención.

—No tiene por qué excusarse, solo tiene que llevar a su perro a otra parte. No soy el primero en quejarse…

—Lo siento, mi marido suele tener cuidado…

—Disculpe, pero su marido es un maleducado…

—El maleducado lo está siendo usted —repliqué con ímpetu—. Además, no somos los únicos que tienen perro.

Él negó con la cabeza, hizo un amplio gesto como indicando que no quería discutir y refunfuñó:

—Dígale a su marido que no se pase. Conozco personas que no dudarían en llenar esto de albóndigas envenenadas.

—¡A mi marido no pienso decirle nada! —exclamé con rabia. Y añadí de forma incongruente, solo para recordármelo a mí misma—: Ya no tengo marido.

Lo dejé plantado en medio del paseo y eché a correr por la hierba, en la zona negra de árboles y arbustos, llamando a Otto a pleno pulmón como si aquel hombre me siguiera y necesitara que el perro me defendiera. Cuando me volví jadeando, vi que el músico se miraba por última vez la suela de los zapatos y desaparecía en el portal con su paso indolente.

4

En los días que siguieron Mario no dio señales de vida. Aunque me había impuesto un código de comportamiento y al principio me obligué a no llamar por teléfono a nuestros amigos comunes, al poco no aguantaba más y llamé de todos modos.

Descubrí que nadie sabía nada de mi marido. No lo veían desde hacía días. Entonces anuncié a todos con rencor que me había dejado por otra mujer. Pensaba que se quedarían boquiabiertos, pero tuve la impresión de que no se sorprendían en absoluto. Cuando pregunté, fingiendo indiferencia, si sabían quién era su amante, cuántos años tenía, a qué se dedicaba y si él ya vivía en su casa, solo obtuve respuestas evasivas. Uno de sus compañeros del Politécnico, un tal Farraco, intentó consolarme diciendo:

—Es la edad, Mario tiene cuarenta años. Son cosas que pasan.

No pude resistirlo y masullé con perversidad:

—¿Sí? ¿Entonces te ha pasado a ti también? ¿Les ocurre a todos los de vuestra edad, sin excepción? ¿Y cómo es que tú vives todavía con tu mujer? ¡Ponme con Lea un momento, quiero decirle que a ti también te ha sucedido!

No debí reaccionar así. Otra regla era no hacerse odiosa. Pero no podía contenerme. De pronto, sentía un ruido en la sangre que me ensordecía y me quemaba los ojos. La sensatez de los demás y mis propios deseos de mantener la serenidad me sacaban de quicio. La respiración se me acumulaba en la garganta, preparándose para escupir palabras rabiosas. Sentía la necesidad de armar bronca; de hecho, me peleé primero con nuestros amigos de sexo masculino y luego con sus esposas o compañeras, y terminé por discutir con cualquiera, fuese hombre o mujer, que intentase ayudarme a aceptar lo que le estaba pasando a mi vida.

La que más paciencia tuvo fue Lea, la esposa de Farraco, una mujer siempre dispuesta a mediar y a buscar vías de salida, tan juiciosa, tan comprensiva que tomarla con ella era como una ofensa al exiguo grupo de gente con buen corazón. Pero no pude evitarlo, y pronto empecé a desconfiar de ella también. Estaba segura de que justo después de hablar conmigo correría a ver a mi marido y a su amante para contarles con pelos y señales cómo estaba reaccionando yo, cómo me las arreglaba con los niños y el perro y cuánto tiempo necesitaba todavía para aceptar la situación. Así que dejé de verla de golpe, y me quedé sin una sola amiga a quien dirigirme.

Empecé a cambiar. Al cabo de un mes había perdido la costumbre de arreglarme, pasé de un lenguaje elegante y cuidadoso a una forma de expresarme sarcástica, interrumpida por risotadas soeces. Poco a poco, a pesar de mi resistencia, cedí también al lenguaje obsceno.

La obscenidad afloraba a mis labios de manera natural. Yo pensaba que servía para comunicar a los pocos conocidos que todavía intentaban fríamente consolarme que no era una de esas que se dejan embaucar con frases bonitas. En cuanto abría la boca sentía ganas de burlarme, de manchar, de ensuciar a Mario y a su ramera. Detestaba la idea de que él lo supiese todo de mí, mientras que yo sabía poco o nada de él. Me sentía como un ciego que se sabe observado precisamente por aquellos a quienes él querría escrutar con todo detalle.

¿Cómo era posible, me preguntaba con creciente rencor, que personas tan cotillas como Lea pudiesen contárselo todo sobre mí a mi marido y que yo en cambio no pudiese saber ni siquiera con qué clase de mujer había decidido irse a follar? ¿Por quién me había dejado? ¿Qué tenía ella que no tuviese yo? Toda la culpa es de los espías, pensaba, de los falsos amigos, de aquellos que siempre se alían con los que disfrutan de libertad y felicidad, nunca con los infelices. Lo sabía muy bien. Son mucho más agradables las parejas nuevas, siempre alegres, bromeando de la mañana a la noche, con la cara satisfecha de quien no hace más que follar. Se besan, se muerden, se lamen y chupan para saborear el gusto de la polla, del coño. De Mario y de su nueva mujer ya solo me imaginaba eso: cómo y cuándo follaban. Pensaba en ellos día y noche, y mientras tanto me olvidaba de cuidarme, no me peinaba, no me lavaba. Con insoportable dolor me preguntaba cuánto follarían, cómo, dónde. De esa forma, los poquísimos que aún intentaban ayudarme también se echaron atrás. Era difícil soportarme. Así, me encontré sola y asustada de mi propia desesperación.

5

Al mismo tiempo empezó a crecer dentro de mí una continua sensación de peligro. El peso de los dos niños —la responsabilidad, pero también las exigencias materiales de sus vidas— se convirtió en una obsesión permanente. Tenía miedo de no ser capaz de cuidar de ellos, temía incluso hacerles daño en un momento de cansancio o distracción. No es que antes Mario hiciese mucho por ayudarme, pues siempre estaba agobiado de trabajo, pero su presencia, o mejor dicho su ausencia, que no obstante podía transformarse en presencia siempre que fuese preciso, me proporcionaba seguridad. Sin embargo, el hecho de no saber dónde estaba, de no tener un número de teléfono al que avisarle, de llamarlo con frecuencia a su móvil para descubrir que lo tenía siempre apagado —ese modo suyo de estar tan ilocalizable que hasta en el trabajo sus compañeros, quizá sus cómplices, me respondían que estaba ausente por enfermedad o que se había tomado unos días de descanso o incluso que estaba en el extranjero haciendo inspecciones técnicas—, todo eso hacía que me sintiera como un boxeador que ya no recuerda los golpes que debe dar y deambula por el ring con las piernas flojas y la guardia baja.

Vivía con el pánico de que podía olvidarme de recoger a Ilaria en el colegio; si mandaba a Gianni a comprar a las tiendas del barrio, sentía un miedo terrible de que le ocurriese algo, o peor aún, de que a causa de mis preocupaciones me olvidase de su existencia y no me diera cuenta de si volvía o no.

En definitiva, estaba inmersa en una sensación de labilidad a la que reaccionaba con un violento y trabajoso autocontrol. Tenía la cabeza llena de Mario, de las fantasías sobre él y aquella mujer, del examen continuo de nuestro pasado, de la obsesión por comprender en qué había fallado; y, por otra parte, vigilaba con desesperación las obligaciones que la responsabilidad me imponía: cuidado con la pasta, hay que echar sal, cuidado con no poner demasiada, cuidado con el horario de comidas, cuidado con no dejar encendido el gas.

Una noche oí ruidos en la casa, como de una hoja de papel que se arrastrara por el suelo impulsada por una corriente de aire.

El perro aullaba de miedo. Aunque era un perro pastor, Otto no era muy valiente.

Me levanté, miré debajo de la cama y bajo el armario. Entre la pelusa acumulada, vi una forma negra que se escabullía por debajo de la cómoda, salía de mi habitación y se metía en el cuarto de los niños, entre los ladridos del perro. Corrí hasta allí, encendí la luz, los saqué adormilados de la habitación y cerré la puerta. Mi terror los asustó, y yo misma tuve que encontrar poco a poco la fuerza para calmarme. Le dije a Gianni que fuese a coger la escoba, y él, que era un niño de silenciosa diligencia, volvió enseguida trayendo también el recogedor. En cambio, Ilaria empezó de repente a gritar:

—¡Quiero que venga papá, llama a papá!

Recalcando las sílabas, respondí con rabia:

—Vuestro padre nos ha dejado. Se ha ido a vivir a otro lugar con otra mujer, ya no nos necesita.

A pesar del horror que me producía cualquier ser vivo que tuviese forma de reptil, abrí con cautela la puerta del cuarto de los niños, aparté a Otto, que quería entrar, y cerré la puerta detrás de mí.

Debía comenzar por ahí, me dije. Se acabó la debilidad, estaba sola. Pasé la escoba con furia y repugnancia debajo de las camas; luego, debajo del armario. Un lagarto amarillo verdoso, que de algún modo había conseguido llegar hasta el quinto piso, corrió con rapidez por la pared buscando un agujero, una grieta en la que esconderse. Lo acorralé en un rincón y lo aplasté cargando sobre el mango de la escoba todo el peso del cuerpo. Luego, con expresión de asco, salí con el lagarto muerto en el recogedor y dije:

—Todo está en orden. No necesitamos a papá.

Ilaria protestó con dureza:

—Papá no lo habría matado, lo habría agarrado por la cola y lo habría llevado al parque.

Gianni negó con la cabeza, se me acercó, examinó el lagarto y me abrazó con fuerza.

—La próxima vez quiero machacarlo yo —dijo.

En aquella palabra excesiva, «machacarlo», quedaba encerrado todo su malestar. Eran mis hijos, los conocía a fondo. Estaban asimilando, sin demostrarlo, la noticia que acababa de darles: su padre se había ido, nos había cambiado, a ellos y a mí, por una extraña.

No me preguntaron nada, no me pidieron ninguna explicación. Volvieron los dos a la cama, espantados por la idea de que en el piso pudieran haber entrado más bichos del parque. Les costó conciliar el sueño y cuando se levantaron por la mañana los vi distintos, como si hubiesen descubierto que ya no quedaba ningún lugar seguro en el mundo. Lo mismo pensaba yo.

6

Tras el episodio del lagarto, las noches, que ya eran de poco sueño, se convirtieron en un tormento. De dónde venía, en qué me estaba convirtiendo. A los dieciocho años me consideraba una chica original, con grandes esperanzas. A los veinte ya trabajaba. A los veintidós me había casado con Mario, habíamos dejado Italia para vivir primero en Canadá, luego en España y después en Grecia. A los veintiocho había tenido a Gianni, y durante los nueve meses de embarazo había escrito un largo relato de ambiente napolitano que al año siguiente había publicado con facilidad. A los treinta y uno había nacido Ilaria. Y a los treinta y ocho años, de repente, me había quedado en nada, ni siquiera era capaz de comportarme correctamente. Sin trabajo, sin marido, entumecida, embotada.

Cuando los niños estaban en la escuela me echaba en el sofá, me levantaba, volvía a sentarme, veía la televisión. Pero no había programa capaz de hacer que me olvidara de mí. De noche daba vueltas por la casa hasta que terminaba viendo esos canales donde las mujeres, casi siempre las mujeres, se agitaban en sus camas como los aguzanieves en las ramas de los árboles. Gesticulaban de manera indecente detrás del número de teléfono que aparecía sobreimpresionado y de los subtítulos que prometían grandes placeres. O hacían ñiñiñí con voces acarameladas mientras se retorcían. Yo las miraba pensando que tal vez la puta de Mario era así, el sueño o la pesadilla de un pornógrafo, y que eso era lo que él había deseado en secreto durante los quince años que habíamos pasado juntos, y yo no lo había comprendido. Por eso me enfadaba, primero conmigo y luego con él, hasta ponerme a llorar, como si el espectáculo que daban las señoras de la noche televisiva —en aquel continuo y exasperante tocarse los enormes senos o lamerse sus propios pezones retorciéndose de placer fingido— fuese tan triste como para provocar el llanto.

Para calmarme adquirí la costumbre de escribir hasta el amanecer. Al principio probé a trabajar en el libro que intentaba escribir desde hacía años, pero luego lo abandoné, desilusionada, y comencé a escribir noche tras noche cartas para Mario, aunque no sabía adónde enviárselas. Esperaba que tarde o temprano encontraría una forma de hacérselas llegar. Me gustaba pensar que las leería. Escribía en la casa silenciosa, cuando solo se oía la respiración de los niños en su cuarto y a Otto, que vagaba por las habitaciones gruñendo de preocupación. En aquellas cartas larguísimas me esforzaba por emplear un tono sensato y coloquial. Le decía que estaba analizando nuestra relación con detenimiento y que necesitaba su ayuda para comprender en qué me había equivocado. Las contradicciones de la vida en pareja son muchas, lo admitía, y yo estaba precisamente trabajando en el análisis de las nuestras para solucionarlas y acabar con aquella situación. Lo esencial, lo único que de verdad pretendía de él era que me escuchase y me dijese si estaba dispuesto a colaborar conmigo en mi trabajo de autoanálisis. No soportaba que hubiese dejado de dar señales de vida, no podía privarme de una discusión que para mí era imprescindible; por lo menos me debía atención. ¿Cómo era capaz de dejarme sola, derrotada, mirando con lupa año tras año nuestra vida en común? Le mentía al escribirle que lo importante no era que volviese a vivir conmigo y con nuestros hijos. ¿Por qué se había deshecho con tanta desenvoltura de quince años de sentimientos, de emociones, de amor? Tiempo, tiempo. Se había quedado con todo el tiempo de mi vida, para luego desembarazarse de él con la ligereza con la que se desecha un capricho. ¡Qué decisión más injusta, más egoísta! De un soplo se había librado del pasado como de un feo insecto que se posa en la mano. Mi pasado, no solo el suyo, arruinado de esa forma. Le pedía, le suplicaba que me ayudase a comprender si al menos había quedado algo sólido de todo aquel tiempo, y a partir de qué momento había empezado a disolverse, y si en definitiva había sido de verdad un desperdicio de horas, meses, años, o en cambio tenía un significado secreto que lo redimiese y convirtiese en una experiencia capaz de dar nuevos frutos. Era preciso, urgente que lo supiera, concluía. Solo si lo sabía podría reponerme y sobrevivir, aunque fuese sin él. En cambio así, en la confusión de mi vida actual, estaba consumiéndome, agotándome, quedándome seca como una concha vacía de una playa en verano.

Cuando los dedos hinchados se me habían incrustado en la pluma hasta dolerme y los ojos ya no veían de tanto llorar, me acercaba a la ventana y sentía las ráfagas de viento que chocaban contra los árboles del parque y la oscuridad muda de la noche, apenas iluminada por la luz de las farolas, con sus estrellas luminosas eclipsadas por el follaje. Durante aquellas largas horas fui la centinela del dolor, velé junto a un montón de palabras muertas.

7

Sin embargo, durante el día, me volvía cada vez más frenética y descuidada. Me imponía cosas que hacer, corría de una punta a otra de la ciudad con tareas en absoluto urgentes que no obstante afrontaba con la energía de una emergencia. Quería parecer impulsada por quién sabe qué determinación, pero tenía un escaso dominio del cuerpo, iba y venía como una sonámbula detrás de esa actividad.

Turín me parecía una gran fortaleza con muros de hierro, paredes de un gris helado que el sol de primavera no llegaba a calentar. En aquellos hermosos días inundaba las calles una luz fría que me provocaba un malestar sudoroso. Si iba paseando, tropezaba con personas y cosas, y me sentaba a menudo donde podía para tranquilizarme. Si iba en coche, la armaba, me olvidaba de que estaba al volante. La calle quedaba sustituida enseguida por recuerdos vivísimos del pasado o por fantasías de resentimiento; abollaba guardabarros o frenaba en el último instante, pero con rabia, como si la realidad fuese inoportuna o interviniese para deshacer un mundo imaginario que era el único que contaba en ese momento.

En esas ocasiones me ponía como una fiera, discutía con el conductor del coche contra el que había chocado y profería insultos; si era de sexo masculino, le decía que en qué estaba pensando, seguro que en porquerías, en una amante menor de edad.

Solo me asusté de verdad una vez que, descuidadamente, había permitido a Ilaria sentarse a mi lado. Conducía por el paseo Massimo D'Azeglio, a la altura del Galileo Ferraris. Lloviznaba, a pesar del sol, y yo iba absorta en mis pensamientos; quizá había vuelto la cabeza hacia la niña para ver si se había puesto el cinturón, o quizá no. Lo cierto es que solo en el último momento vi el semáforo en rojo y la sombra de un hombre muy flaco cruzando por el paso de peatones. El hombre miraba hacia delante. Me pareció que se trataba de Carrano, el vecino. Puede que fuese él, pero sin su instrumento a la espalda, con la cabeza gacha y el cabello gris. Pisé el freno, y el coche se detuvo con un chirrido largo, como un lamento, a pocos centímetros de él. Ilaria rompió el parabrisas con la frente; una corona de grietas luminosas se extendió por el cristal y la piel se le amorató en un momento.

Gritos, llantos, el estrépito del tranvía a mi derecha. Su masa amarilla grisácea pasó adelantándome del otro lado de la acera y de la valla. Me quedé muda, con las manos al volante, mientras Ilaria me daba golpes furiosos con los puños y chillaba:

—¡Me has hecho daño, tonta, me has hecho mucho daño!

Alguien me dirigió frases incomprensibles, tal vez mi vecino, suponiendo que fuese él. Yo me sobresalté y le respondí algo ofensivo. Luego abracé a Ilaria, comprobé que no tenía sangre, grité algún improperio contra los que tocaban el claxon con insistencia y rechacé a los pesados que se acercaron solícitos, una nebulosa de sombras y sonidos. Salí del coche, cogí a Ilaria en brazos y busqué agua. Luego crucé el carril del tranvía y me dirigí hacia un urinario gris a cuya entrada había un viejo rótulo en el que podía leerse «Casa del Fascio». Cambié de idea, ¿qué estaba haciendo?, di media vuelta. Me senté en el banco de la parada del tranvía con Ilaria en brazos, rechazando con gestos cortantes las sombras y las voces que se agolpaban a nuestro alrededor. Cuando calmé a la niña decidí llevarla al hospital. Recuerdo que solo podía pensar con claridad en una cosa: alguien le diría a Mario que su hija se había hecho daño y entonces aparecería.

Pero Ilaria resultó ilesa. Únicamente paseó con cierto orgullo durante muchos días un chichón violáceo en el centro de la frente, nada preocupante para nadie, menos aún para el padre, si es que alguien se lo había dicho. El único recuerdo molesto que retuve de aquel día fue ese pensamiento, la prueba de una mezquindad desesperada, el deseo inconsciente de usar a la niña para atraer a Mario a casa y decirle: «¿Ves lo que puede ocurrir si no estás aquí? ¿Te das cuenta de lo que estás haciendo conmigo?».

Me sentía avergonzada. Pero no podía hacer nada, no pensaba más que en el modo de volver a verlo. Muy pronto se consolidó aquella idea fija: tenía que encontrarlo, decirle que no podía más, enseñarle cómo me estaba consumiendo sin él. Estaba segura de que, a causa de algún tipo de ofuscación sentimental, él había perdido la capacidad de vernos a los niños y a mí en nuestra situación real y de que pensaba que seguíamos viviendo tranquilamente, como siempre. Tal vez nos imaginaba incluso aliviados porque por fin yo ya no tenía que cuidar de él, y los niños ya no tenían que temer su autoridad, ya nadie regañaba a Gianni si pegaba a Ilaria, y nadie regañaba a Ilaria si molestaba a su hermano, y todos vivíamos felices, nosotros por un lado y él por otro. Debía abrirle los ojos, me decía. Creía que si hubiera podido vernos, si hubiera podido conocer el estado actual de la casa, si hubiera podido seguir durante un solo día cómo se había vuelto nuestra vida —desordenada, angustiada, tensa como un alambre que hiere la carne—, si hubiese podido leer mis cartas y comprender el serio esfuerzo que yo estaba haciendo para detectar los fallos de nuestra relación, habría decidido volver enseguida al hogar.

En resumen, nunca nos habría abandonado si hubiese sabido la situación en que nos encontrábamos. Incluso la primavera —que estaba ya avanzada y que a él, en cualquier lugar que estuviese, debía de parecerle una espléndida estación— era para nosotros solo una fuente de molestias y abatimientos. Día y noche el parque parecía extenderse hacia nuestra casa como si pretendiese devorarla con sus ramas y sus hojas. El polen cubría el edificio y volvía loco de vitalidad a Otto. A Ilaria se le habían hinchado los párpados, Gianni tenía calenturas alrededor de la nariz y detrás de las orejas. Yo misma, por cansancio, por embotamiento, me quedaba dormida cada vez más a menudo a las diez de la mañana y me despertaba casi sin tiempo para correr a recoger a los niños a la escuela. Al cabo de poco, el miedo de no saber salir a la hora justa de aquellos sueños imprevistos me hizo acostumbrarlos a que volvieran a casa solos.

Poco a poco, ese sueño matinal, que al principio me alarmó como un síntoma de enfermedad, me fue gustando, lo esperaba. A veces me despertaba el sonido lejano del timbre. Eran los niños que llamaban a la puerta desde quién sabía cuándo. Una vez que tardé mucho en abrir, Gianni me dijo:

—Pensaba que te habías muerto.

8

Durante una de esas mañanas que me pasaba durmiendo me desperté sobresaltada, como si me hubieran pinchado con una aguja. En ese momento creí que serían los niños, pero miré el reloj y vi que era temprano. Un segundo después, la melodía del teléfono móvil me sacó de dudas. Respondí, rabiosa, con el tono arisco que usaba con todos en aquel tiempo. Pero era Mario, y cambié de tono inmediatamente. Decía que me llamaba al móvil porque le pasaba algo al teléfono de casa, había probado muchas veces y solo había oído silbidos y lejanas conversaciones de extraños. Me conmovió su voz, su tono amable, su presencia en algún lugar del mundo. Lo primero que le dije fue:

—No creas que lo del cristal en la pasta fue a propósito. Fue una casualidad, se me rompió una botella.

—No, fui yo el que reaccionó de una forma exagerada —replicó.

Me contó que había tenido que viajar al extranjero deprisa y corriendo por cuestiones de trabajo, había estado en Dinamarca, un viaje bonito pero cansado. Me preguntó si podía pasar por la tarde a saludar a los niños, a coger algunos libros que le hacían falta y, sobre todo, sus notas.

—Desde luego —contesté—, esta es tu casa.

Colgué el teléfono y en un instante decidí que no estaba dispuesta a que viera el piso en aquel estado de precariedad, por no hablar de los niños y de mí misma. Limpié la casa de arriba abajo, la puse en orden. Me duché, me sequé el pelo y me lo lavé de nuevo porque no había quedado como yo quería. Me maquillé con esmero y me puse un vestido de verano que me había regalado él y que le gustaba. Me arreglé las manos y los pies, sobre todo los pies, me daban vergüenza, me los veía muy bastos. Cuidé hasta el mínimo detalle. Incluso cogí la agenda y conté los días, para descubrir que estaba a punto de venirme la regla. Confiaba en que se retrasara.

Cuando los niños volvieron de la escuela se quedaron con la boca abierta.

—¡Todo limpio! ¡Hasta tú, qué guapa estás! —dijo Ilaria.

Pero ahí acabaron las muestras de alegría. Se habían acostumbrado a vivir en el desorden, y el súbito retorno del antiguo orden los alarmó. Tuve que discutir un buen rato para convencerlos de que se ducharan y se arreglaran también ellos como para una fiesta.

—Esta tarde viene vuestro padre, tenemos que conseguir que no se vaya más —les dije.

Ilaria me anunció como si se tratase de una amenaza:

—Le contaré lo del chichón.

—Cuéntale lo que quieras.

—Yo le diré que, desde que se fue, no hago bien los deberes y voy mal en la escuela —dijo Gianni, nervioso.

—Sí —aprobé—, decídselo todo. Decidle que lo necesitáis, decidle que debe escoger entre vosotros y esa mujer nueva que tiene.

Por la tarde volví a lavarme, a maquillarme; pero estaba nerviosa y no hacía más que gritar desde el cuarto de baño a los niños para que dejaran de revolver entre sus cosas y desordenarlo todo. Me sentía cada vez peor. Pensaba: Ya está, me han salido granos en la barbilla y en las sienes... Debe de ser para compensar mi exceso de suerte en la vida...

Luego se me ocurrió la idea de ponerme los pendientes que habían pertenecido a la abuela de Mario. Eran joyas que él apreciaba mucho. Su madre los había llevado toda la vida. Objetos de valor. En quince años solo había dejado que me los pusiera una vez, para la boda de su hermano, e incluso entonces había puesto mil reparos. Y no era por miedo a que los perdiese o me los robasen, ni porque los considerase un bien de su exclusiva propiedad, sino más bien, creo yo, porque, al vérmelos puestos, temía estropear algún recuerdo o alguna fantasía de la infancia o la adolescencia.

Decidí demostrarle de una vez por todas que yo era la única encarnación posible de aquellas fantasías. Me miré en el espejo y, a pesar de mi aspecto desmejorado, las ojeras azules y el tono amarillento que ni el colorete conseguía disimular, me pareció que estaba guapa o, mejor dicho, quise verme guapa a toda costa. Necesitaba confianza. Mi piel todavía era tersa, no aparentaba treinta y ocho años. Si conseguía esconderme a mí misma la impresión de que la vida me había sido extraída como sangre, saliva y moco durante una operación quirúrgica, quizá consiguiera también engañar a Mario.

De repente me deprimí. Sentía los párpados pesados, me dolía la espalda y tenía ganas de llorar. Me revisé las bragas, estaban manchadas de sangre. Pronuncié una fea obscenidad en mi dialecto, en un arranque tan rabioso que temí que los niños lo hubiesen oído. Me lavé una vez más, me cambié. Por fin llamaron a la puerta.

Aquello me enfureció: el señor se hacía el extraño, no utilizaba su llave, quería dejar claro que solo estaba de visita. El primero en abalanzarse por el pasillo fue Otto, a saltos enloquecidos, husmeando inquieto y ladrando con entusiasmo al reconocer el olor. Luego llegó

Gianni, que abrió la puerta y se quedó parado, en posición de firmes. A su espalda, casi escondida detrás de su hermano, pero riéndose con los ojos brillantes, se alineó Ilaria. Yo permanecí al final del pasillo, junto a la puerta de la cocina.

Mario entró cargado de paquetes. No lo veía desde hacía exactamente treinta y cuatro días. Lo encontré más joven, de aspecto más cuidado, incluso más reposado. El estómago se me contrajo en un dolor tan intenso que sentí un desvanecimiento. En su cuerpo, en su cara, no había indicios de nuestra ausencia. Yo llevaba encima todas las marcas del sufrimiento —lo advertí en cuanto vi su expresión alarmada— y él, en cambio, no podía disimular las señales de bienestar, puede que de felicidad.

—Niños, dejad en paz a vuestro padre —dije con voz falsamente alegre cuando Ilaria y Gianni terminaron de abrir los regalos, de lanzársele al cuello, besarlo y pelearse para acaparar su atención. Pero no me hicieron caso.

Me quedé enojada en un rincón mientras Ilaria se probaba con muchos remilgos el vestidito que su padre le había traído y Gianni lanzaba por el pasillo un coche teledirigido tras el que Otto corría ladrando. Me pareció que el tiempo hervía, como si se desbordase de una olla a borbotones sobre el gas. Tuve que soportar que la niña le contase con dramatismo lo del moratón y la culpa que yo había tenido en ello, y que Mario le besara la frente y le asegurase que no era nada, que Gianni exagerase sus desventuras escolares y que le leyese en voz alta un ejercicio que no le había gustado a la maestra, y que el padre se lo alabara y lo tranquilizara. ¡Qué cuadro más patético! Al final no aguanté más, empujé a los niños de malos modos hasta su cuarto, cerré la puerta con la amenaza de castigarlos si salían de allí y, tras un notable esfuerzo para volver a dar a mi voz un tono atractivo, en lo cual fallé miserablemente, exclamé:

—Bueno, ¿te lo has pasado bien en Dinamarca? ¿Ha ido también tu amante?

Él negó con la cabeza, arrugó los labios y replicó en voz baja:

—Si te pones así, cojo mis cosas y me voy inmediatamente.

—Solo te estoy preguntando cómo ha ido el viaje. ¿No puedo preguntar?

—No en ese tono.

—¿No? ¿Y qué tono estoy usando? ¿Qué tono debo usar?

—El de una persona civilizada.

—¿Has sido tú acaso civilizado conmigo?

—Yo me he enamorado.

—Y yo lo estaba. De ti. Pero me has humillado y sigues humillándome.

Bajó la mirada, me pareció sinceramente afligido, y entonces me conmoví; de pronto empecé a hablarle con afecto, no pude evitarlo. Le dije que lo comprendía, que imaginaba su gran confusión, pero que yo —murmuré entre largas y sufridas pausas—, por más que intentaba encontrar un orden, comprender, esperar con paciencia que pasara la tormenta, a veces me desmoronaba, no lo conseguía. A continuación, como prueba de mi buena voluntad, extraje del cajón de la mesa de la cocina el fajo de cartas que le había escrito y se lo puse delante con expresión solícita.

—Aquí está mi trabajo —le expliqué—, aquí dentro están mis razones y el esfuerzo que estoy haciendo para comprender las tuyas. Lee.

—¿Ahora?

—¿Cuándo si no?

Desplegó con aire abatido el primer folio, leyó unas líneas y me miró.

—Las leeré en casa.

—¿En casa de quién?

—Déjalo ya, Olga. Dame tiempo, te lo ruego, no creas que esto es fácil para mí.

—Seguramente es más difícil para mí.

—No es cierto. Es... como si me estuviera cayendo. Tengo miedo de las horas, de los minutos...

No sé lo que dijo exactamente. Para ser sincera, creo que solo aludió al hecho de que, al vivir juntos, al dormir en la misma cama, el cuerpo del otro se convierte en una especie de reloj, en un «contador», dijo —usó exactamente esa palabra—, «un contador de la vida que se va, dejando un rastro de angustia». Pero yo tuve la impresión de que quería decir otra cosa. Desde luego, entendí más de lo que en realidad había dicho, y con una creciente y calculada vulgaridad que primero intentó repeler y luego lo enmudeció, barboté:

—¿Quieres decir que te angustiaba? ¿Quieres decir que cuando dormías conmigo te sentías viejo? ¿Medías la muerte por mi culo, por lo firme que estaba antes y cómo está ahora? ¿Eso es lo que quieres decir?

—Los niños están ahí...

—Ahí, aquí... ¿Y yo qué, dónde estoy? ¿A mí dónde me pones? ¡Eso es lo que quiero saber! Tú estarás angustiado, pero ¿sabes la angustia que paso yo? ¡Lee, lee las cartas! ¡No puedo entenderlo! ¡No comprendo lo que nos ha pasado!

Echó a las cartas una mirada cargada de repulsión.

—Si te obsesionas no lo entenderás nunca.

—¿Sí? ¿Y qué debería hacer para no obsesionarme?

—Deberías distraerte.

Noté un repentino retortijón interior y la curiosidad de saber si por lo menos sentiría celos, si todavía consideraba suyo mi cuerpo, si podía aceptar la intrusión de otro.

—Claro que me distraigo —dije adoptando un todo fatuo—, no creas que estoy aquí esperándote. Escribo, intento comprender, me burlo. Pero lo hago por mí, por los niños, desde luego no para darte gusto a ti. Solo faltaba. ¿Has echado un vistazo? ¿Has visto lo bien que vivimos los tres? ¿Me has visto a mí?

—Estás bien —dijo sin convicción.

—¡Bien!… Y una mierda. Estoy estupenda. Pregúntale al vecino, pregúntale a Carrano cómo estoy.

—¿El músico?

—Sí, el músico.

—¿Te ves con él? —me preguntó con apatía.

Solté una carcajada que más bien era una especie de sollozo.

—Podemos decir que me veo con él, igual que tú te ves con tu amante.

—¿Por qué él precisamente? No me gusta ese tipo.

—Tengo que follármelo yo, no tú.

Se llevó las manos a la cara, se la restregó con fuerza y murmuró:

—¿Lo haces también cuando están los niños?

Sonreí.

—¿Follar?

—No hables así.

En ese punto perdí el control por completo. Empecé a gritar:

—¿Que no hable cómo? Estoy hasta el coño de cursilerías. ¡Me has hecho daño, me estás destruyendo! ¿Y yo tengo que hablar como una buena mujer educada? ¡Vete a tomar por el culo! ¿Qué palabras debo usar para lo que me has hecho, para lo que me estás haciendo? ¿Qué palabras debo usar para lo que haces con esa? ¡Dímelo! ¿Le chupas el coño? ¿Se la metes por el culo? ¿Hacéis todo lo que no has hecho nunca conmigo? ¡Dímelo! ¡Porque yo lo veo muy claro! ¡Lo veo con estos ojos, todo lo que hacéis, lo veo cien mil veces, lo veo de noche y de día, con los ojos abiertos y con los ojos cerrados! Y sin embargo, para no molestar al señor, para no molestar a sus hijos, tengo que usar un lenguaje limpio, tengo que ser educada, tengo que ser elegante. ¡Fuera de aquí! ¡Fuera, cabrón!

Se levantó de inmediato, entró hecho una furia en su estudio, metió unos libros y unos cuadernos en una bolsa, se quedó un momento como encantado por la visión de su ordenador y luego cogió una caja con disquetes y otras cosas de los cajones.

Solté un suspiro de alivio y me lancé hacia él. Tenía en la cabeza un montón de reproches. Quería gritarle: «¡No toques nada, son cosas en las que has trabajado mientras yo estaba aquí cuidando de ti, haciendo la compra, cocinando. Ese tiempo también me pertenece a mí, déjalo todo ahí!». Pero al mismo tiempo me espantaban las consecuencias de cada una de las palabras que había pronunciado, de las que habría debido pronunciar, temía haberlo disgustado y que se fuese de veras.

—Mario, perdona, ven, vamos a hablar... ¡Mario! ¡Es que estoy un poco nerviosa!

Me apartó a un lado y se dirigió hacia la puerta.

—Tengo que irme. Pero volveré, no te preocupes. Volveré por los niños.

Después de abrirla, se volvió y dijo:

—No te pongas más esos pendientes. No te van.

Y desapareció sin cerrar la puerta.

La cerré yo de un portazo, pero estaba tan vieja, tan desvencijada, que golpeó en el quicio y rebotó hacia atrás. Estuve dándole patadas furiosas hasta que se cerró. Luego corrí al balcón, seguida por el perro, que gruñía, preocupado, y esperé a que Mario apareciese en la calle para gritarle desesperada:

—¡Dime dónde vives, déjame al menos un número de teléfono! ¿Qué hago si te necesito, si los niños están mal...?

Ni siquiera levantó la cabeza, así que grité, fuera de mí:

—Quiero saber cómo se llama esa puta, tienes que decírmelo... Quiero saber si es guapa, quiero saber su edad...

Mario subió al coche y lo puso en marcha. El automóvil desapareció un momento tras los árboles de la plazoleta, volvió a aparecer y desapareció definitivamente.

—Mamá —me llamó Gianni.

9

Me volví. Los niños habían abierto la puerta de su habitación, pero no se atrevían a traspasar el umbral. Mi aspecto no debía de ser muy tranquilizador, pues se quedaron allí, mirándome aterrorizados.

Me miraban de tal modo que pensé que estaban viendo, como ciertos personajes de los cuentos de fantasmas, más de lo que en realidad era posible ver. Quizá tenía a mi lado, rígida como una estatua sepulcral, a la mujer abandonada de mis recuerdos infantiles, a «la pobrecilla». Había venido de Nápoles a Turín para sujetarme por el bajo de la falda y evitar que cayese desde el quinto piso. «La pobrecilla» sabía que deseaba llorar junto a mi marido lágrimas de sudor frío y sangre, sabía que deseaba gritarle: «¡Quédate!». Yo recordaba que ella lo había hecho. Llegado un punto, una noche se había envenenado. Mi madre decía en voz baja a sus dos trabajadoras, una morena, la otra rubia: «"La pobrecilla" creía que el marido se arrepentiría y correría enseguida a la cabecera de la cama para pedir perdón». En cambio, él se había mantenido alejado, prudentemente, junto a su nuevo amor. Y mi madre se reía con profunda amargura de aquella historia y de otras iguales que conocía. Las mujeres sin amor perdían la luz de los ojos, las mujeres sin amor morían en vida. Lo decía mientras cosía durante horas y cortaba las telas sobre las clientas a las que seguía haciendo ropa a medida a finales de los años sesenta. Historias, chismes y costura; yo escuchaba. La necesidad de escribir relatos la descubrí allí, bajo la mesa, mientras jugaba. El hombre infiel que había huido a Pescara no había acudido siquiera cuando la mujer se había puesto a propósito entre la vida y la muerte, y había sido preciso llamar a una ambulancia y llevarla al hospital. Frases que se me quedaron grabadas para siempre. Ponerse a propósito entre la vida y la muerte, en vilo, como un funámbulo. Escuchaba las palabras de mi madre y, no sé por qué, me imaginaba que «la pobrecilla» se había tendido sobre el filo de una espada, y el filo le había rasgado el vestido y la piel. Cuando volvió del hospital me pareció más pobrecilla que antes, seguro que tenía un corte rojo oscuro bajo el vestido. Los vecinos la rehuíamos, pero solo porque no sabíamos cómo hablarle, qué decirle.

Salí de mi ensueño y volvió el rencor. Quería abalanzarme sobre Mario con todo mi peso, acosarlo. Al día siguiente decidí volver a llamar a los viejos amigos para retomar los contactos. Pero el teléfono no funcionaba, en eso Mario no había mentido. En cuanto se levantaba el auricular se oía un silbido insoportable y sonidos de voces lejanas.

Recurrí al móvil. Llamé a todos mis conocidos de forma metódica, con un artificial tono apacible, dando a entender que me estaba calmando, que estaba aprendiendo a aceptar la nueva realidad. A los que me parecieron más comprensivos les pregunté con cautela sobre Mario y la mujer con la que estaba, como si ya lo supiera todo y solo quisiera charlar un poco para desahogarme. La mayoría me respondía con monosílabos, intuyendo que intentaba llevar a cabo una investigación encubierta. Pero algunos no pudieron resistirse y me revelaron cautamente pequeños detalles: la amante de mi marido tenía un Volkswagen metalizado; llevaba siempre unos botines rojos muy vulgares; era una rubita más bien sosa, de edad indefinible. Lea Farraco resultó la más dispuesta a hablar. La verdad es que no chismorreó, se limitó a decirme lo que sabía. Verlos no los había visto nunca. De la mujer no podía decirme nada. Lo que sí sabía es que vivían juntos. La dirección no la conocía, pero corría la voz de que vivían por la plaza Brescia, sí, exactamente en la plaza Brescia. Se habían refugiado lejos, en un lugar no muy encantador, porque Mario no quería ver a nadie, ni que lo vieran, en especial los viejos amigos del Politécnico.

Estaba presionándola para averiguar algo más, cuando el teléfono móvil dejó de dar señales de vida. No sé cuánto tiempo llevaba sin recargar la batería. Busqué frenéticamente por la casa el cargador, pero no lo encontré. El día anterior había ordenado hasta el último rincón porque venía Mario, y lo había guardado en un lugar del que no conseguía acordarme, por más que rebusqué nerviosa en todas partes. Tuve uno de mis ataques de ira y Otto empezó a ladrar de un modo insoportable; al final, estrellé el móvil contra una pared por no estamparlo contra el perro.

El aparato se rompió en dos, los pedazos cayeron al suelo con dos golpes secos y el perro los atacó ladrando como si estuviesen vivos. Cuando me calmé fui al teléfono fijo, descolgué el auricular, escuché otra vez aquel silbido largo y las voces lejanas. Pero en vez de colgar, casi de forma inconsciente, mis dedos marcaron mecánicamente el número de Lea. El silbido se interrumpió de golpe y volvió la línea. Misterios telefónicos.

Sin embargo, aquella segunda llamada resultó inútil. Había pasado un rato y, cuando mi amiga respondió, advertí en ella una sufrida reticencia. Era probable que el marido la hubiera reprendido o ella misma se hubiese arrepentido de ayudar a complicar una situación ya de por sí bastante compleja. Me dijo en tono afectuoso pero incómodo que no sabía más. No veía a Mario desde hacía mucho y de la mujer en realidad lo ignoraba todo, si era joven o vieja, si trabajaba o no. En cuanto al lugar donde vivían, la plaza Brescia era solo una indicación aproximada; podía tratarse del paseo Palermo, la vía Teramo o la vía Lodi, era difícil de decir, aquella zona estaba llena de nombres de ciudades. Y de todas formas le parecía bastante raro que Mario se hubiese ido a vivir allí. Me aconsejó que me olvidara del asunto. El tiempo lo arreglaría todo.

Esa última información no impidió que esa misma noche esperase a que los niños se durmieran para salir y dar vueltas con el coche hasta la una o las dos de la madrugada por la plaza Brescia, el paseo Brescia, el paseo Palermo. Avanzaba despacio. En aquella zona, la ciudad me pareció herida en su solidez, lacerada por el amplio desgarrón de los raíles brillantes del tranvía. El cielo negro, marcado solo por una grúa alta y elegante, comprimía los edificios bajos y la luz enferma de las farolas como un implacable pistón en movimiento. Los toldos blancos y azules extendidos sobre los balcones restallaban, impulsados por la brisa, contra la superficie gris de las antenas parabólicas. Salí del coche y anduve por las calles, llena de rabia. Esperaba encontrarme a Mario y a su amante. Confiaba en ello. Tenía la esperanza de sorprenderlos cuando salieran del Volkswagen de ella, al volver del cine o de un restaurante, felices como habíamos sido él y yo, por lo menos hasta que nacieron los niños. Pero nada: coches y más coches vacíos, tiendas cerradas, un borracho acurrucado en un rincón. Junto a edificios recién restaurados había construcciones deterioradas, animadas por voces extranjeras. Sobre el tejado de una casa baja se leía, en amarillo: «Libertad para Silvano». Libertad para él, libertad para nosotros, libertad para todos. Dolor por los tormentos que encadenan, por los vínculos de la dura vida. Me apoyé, sin fuerzas, en la pared de un edificio de la vía Alessandria. Estaba pintada de azul y había unas palabras grabadas en la piedra: «Asilo Príncipe de Nápoles». Era curioso que me encontrase en aquel lugar. Acentos del sur me gritaban en la cabeza, ciudades distantes se convertían en una sola mordaza entre la plancha azul del mar y la blanca de los Alpes. Treinta años antes, «la pobrecilla» de la plaza Mazzini se apoyaba en los muros, como yo en ese momento, cuando le faltaba el aliento por la desesperación. Yo no podía, como ella, darme el gusto de protestar, de vengarme. Si Mario y su nueva mujer se escondían de verdad en uno de aquellos edificios —en aquel bloque grande que daba a un amplio patio en cuya entrada había un letrero que rezaba «Aluminio», con las paredes llenas de balcones entoldados—, sin duda estarían tras una de aquellas lonas ocultando a las miradas indiscretas de los vecinos su felicidad, y yo no podía hacer nada, nada, con todo mi sufrimiento, con toda mi rabia, para rasgar la pantalla tras la que se escondían, presentarme ante ellos y hacerlos desgraciados con mi infelicidad.

Vagué largo rato por calles de un negro violáceo, con la certeza insensata (esas certezas sin fundamento que llamamos premoniciones y que no son sino la proyección de nuestros deseos) de que estaban allí, en alguna parte, en un portal, a la vuelta de una esquina, detrás de una ventana; quizá incluso me estaban viendo y se ocultaban como criminales contentos de sus crímenes.

No tuve éxito. Volví a casa sobre las dos, exhausta de tanto despecho. Aparqué en el paseo y, cuando subía hacia la plazoleta, vi la silueta de Carrano, que se dirigía al portal. La funda del instrumento le asomaba como un aguijón por la espalda encorvada.

Sentí el impulso de llamarlo. Ya no soportaba la soledad. Necesitaba hablar con alguien, pelearme, gritar. Apreté el paso para alcanzarlo, pero él ya había desaparecido por el portón. Aunque hubiese echado a correr (y no tenía valor, pues pensaba que podía romper el asfalto, el parque, los troncos de los árboles, incluso la negra superficie del río) no habría podido alcanzarlo antes de que entrase en el ascensor. De todas formas, estaba a punto de hacerlo, cuando vi que había algo en el suelo, al pie de una farola con dos focos.

Me incliné. Era la funda plastificada de un permiso de conducir. La abrí y vi la cara del músico, pero mucho más joven: Aldo Carrano; había nacido en un pueblecito del sur; según la fecha de nacimiento tenía casi cincuenta y tres años, los cumpliría en agosto. Ya tenía una excusa plausible para llamar a su puerta.

Guardé el documento en el bolsillo, entré en el ascensor y pulsé el botón con el número cuatro.

Tuve la impresión de que el ascensor subía más lentamente de lo habitual. Su zumbido en el silencio absoluto me aceleró el corazón. Sin embargo, cuando se detuvo en el cuarto piso, me entró pánico y sin dudarlo un momento pulsé el botón con el número cinco.

A casa, a casa enseguida. ¿Y si los niños se habían despertado y me habían estado buscando por las habitaciones vacías? A Carrano le devolvería el documento al día siguiente. ¿Por qué llamar a la puerta de un extraño a las dos de la madrugada?

Una maraña de rencores, el deseo de revancha, la necesidad de poner a prueba el poder ofendido de mi cuerpo estaban quemando el resto de cordura que me quedaba.

Sí, a casa.

10

Al día siguiente, Carrano y su documento cayeron en el olvido. Los niños acababan de irse a la escuela cuando me di cuenta de que la casa había sido invadida por las hormigas. Sucedía todos los años por esa época, en cuanto llegaba el calor del verano. Avanzaban en filas cerradas desde las ventanas y el balcón, salían de debajo del parquet, corrían a esconderse de nuevo, marchaban hacia la cocina, hacia el azúcar, el pan, la mermelada. Otto las olfateaba, ladraba y sin querer se las llevaba a todos los rincones de la casa camufladas entre el pelo.

Fui por la fregona y limpié a fondo todas las habitaciones. Froté con cáscara de limón los sitios que me parecieron más peligrosos. Esperé un poco, nerviosa. En cuanto reaparecieron, localicé con precisión los puntos por donde entraban las hormigas y los cubrí con talco. Cuando me di cuenta de que ni el talco ni el limón eran suficientes, me decidí a usar un insecticida, aunque temía por la salud de Otto, que lamía todo y a todos sin distinguir lo sano de lo nocivo.

Me dirigí al trastero y lo revolví hasta encontrar el aerosol. Leí con atención las instrucciones, encerré a Otto en el cuarto de los niños y rocié toda la casa con aquel producto nocivo. Lo hice a disgusto, sintiendo que aquella botella bien podía ser una prolongación de mi organismo, un aspersor del odio que llevaba en el cuerpo. Luego esperé un poco, sin hacer caso a los ladridos de Otto, que arañaba la puerta, hasta que me decidí a salir al balcón para no respirar el aire envenenado de la casa.

El balcón se asomaba al vacío como un trampolín sobre una piscina. El bochorno pesaba sobre los árboles inmóviles del parque y comprimía la lámina azul del Po, las piraguas con sus remeros y la arcada del puente Principessa Isabella. Abajo vi a Carrano vagando encorvado por el paseo, seguramente en busca de su permiso de conducir.

—¡Señor Carrano! —le grité.

Pero siempre he tenido una voz baja, no sé gritar, mis palabras caen a poca distancia, como la piedra que lanza un niño pequeño. Quería decirle que yo tenía su carnet, pero él ni siquiera se volvió. Entonces guardé silencio y lo observé desde el quinto piso, delgado pero ancho de espaldas, con el cabello gris y abundante. Noté cómo crecía en mi interior una hostilidad hacia él que iba encarnizándose conforme advertía que era irracional. Quién sabe qué secretos de hombre solo guardaba, la obsesión masculina por el sexo tal vez, el culto al falo hasta edad avanzada. Seguramente él tampoco veía más allá de su cada vez más miserable chorro de esperma, solo estaba contento cuando comprobaba que todavía se le levantaba, como las hojas moribundas de una planta que está a punto de secarse cuando alguien la riega. Zafio con los cuerpos de las mujeres, apresurado y obsceno, sin duda su único objetivo era marcarse tantos, hundirse en un coño rojo como en una idea fija rodeada de círculos concéntricos. Mejor si se trataba de un pubis joven y terso, nada como un culo duro. Así pensaba. Esos pensamientos le atribuía yo mientras me iban atravesando furiosas oleadas de rabia. Solo me repuse cuando advertí que la figura sutil de Carrano ya no cortaba el paseo con su hoja oscura.

Volví adentro. El olor del insecticida había disminuido. Barrí los rastros negros de las hormigas muertas, fregué de nuevo el suelo con furia y luego fui a liberar a Otto, que lloriqueaba desesperado. Pero al abrir la puerta descubrí con repulsión que el cuarto de los niños había sido invadido. De las tablas mal encajadas del viejo parquet salían en procesión, con incombustible energía, patrullas negras que huían desesperadas.

Me puse a trabajar de nuevo, no podía hacer otra cosa; pero ahora lo hacía de mala gana, abatida por una impresión de ineluctabilidad, tanto más desagradable para mí cuanto que aquella invasión de hormigas me parecía un impulso de vida activa e intensa que no conoce obstáculos y que manifiesta, ante cada traba, una tenaz y cruel voluntad de seguir su camino.

Después de fumigar también aquella habitación, le puse la correa a Otto y dejé que tirase de mí escaleras abajo, de tramo en tramo, jadeando.

11

El perro avanzaba por el paseo incomodado por el freno que le imponía la correa. Pasé por delante del trozo de submarino verde que tanto le gustaba a Gianni, atravesé el túnel lleno de pintadas obscenas y subí hacia el bosquecillo de pinos. A aquella hora, las madres —grupos compactos de madres charlatanas— hablaban a la sombra de los árboles, encerradas en el círculo de los cochecitos como colonos de una película del Oeste durante un alto en el camino, o vigilaban a los niños que gritaban jugando a la pelota. A la mayoría no les gustaban los perros sueltos. Proyectaban su miedo sobre los animales, temían que mordiesen a los niños o que ensuciasen las zonas de juego.

El perro sufría, quería correr y jugar, pero yo no sabía qué hacer. Tenía los nervios a flor de piel y quería evitar ocasiones de conflicto. Mejor contener a Otto con fuertes tirones que pelear.

Me adentré en el bosquecillo de pinos esperando que allí no hubiese nadie con ganas de gresca. El perro olfateaba el suelo entre bufidos. Nunca me había ocupado mucho de él, pero le había tomado cariño. Él también me quería, aunque sin esperar gran cosa de mí. Era de Mario de quien había venido siempre el sustento, el juego y las carreras al aire libre. Y ahora que mi marido no estaba, Otto, con su buen carácter, se adaptaba a su ausencia con algo de melancolía y ladridos de fastidio cuando yo no respetaba las costumbres consolidadas. Por ejemplo, Mario seguramente le habría quitado la correa mucho antes, en cuanto hubiesen salido del túnel, y además les habría dado la paliza a las señoras de los bancos para tranquilizarlas, remachando que el perro era muy noble y le gustaban los niños. Yo, en cambio, incluso una vez dentro del bosquecillo, me aseguré de que no hubiese nadie a quien pudiese molestar y solo entonces lo liberé. Se volvió loco de alegría y marchó a la carrera en todas las direcciones.

Entonces cogí del suelo un largo palo flexible y lo blandí en el aire, primero apáticamente, luego con decisión. Me gustaba el silbido, era un juego que practicaba mucho de niña. Una vez, en el patio de casa, había encontrado una rama delgada de ese tipo y cortaba el aire con ella, haciéndola ulular. Fue entonces cuando oí que nuestra vecina, tras sobrevivir al veneno, se había suicidado ahogándose cerca del cabo Miseno. La voz corría de una ventana a otra, de un piso a otro. De pronto mi madre me llamó a casa, estaba nerviosa; a menudo se enfadaba conmigo por cualquier insignificancia, pero yo no había hecho nada malo. A veces me daba la impresión de que yo no le gustaba. Era como si reconociese en mi cara algo de ella que detestaba, alguna secreta enfermedad. En aquella ocasión me prohibió bajar al patio; ni siquiera me dejó salir a la escalera. Me quedé en un rincón oscuro de la casa soñando con el cuerpo lleno de agua y sin aliento de «la pobrecilla», un arenque plateado en salmuera. Y a partir de entonces, cada vez que jugaba a azotar el aire para sacarle lamentos, me venía a la cabeza ella, la mujer en salmuera. Escuchaba su voz mientras la corriente la arrastraba durante toda la noche hasta el cabo Miseno. Y allí, en el bosquecillo, solo de pensarlo me daban ganas de fustigar el aire cada vez más fuerte, como de niña, para convocar a los espíritus, tal vez para conjurarlos, y cuanta más energía ponía en ello, más cortante se tornaba el silbido. Me eché a reír al verme así, una mujer de treinta y ocho años en dificultades que vuelve de golpe a uno de sus juegos infantiles. Sí, me dije, también de adultos fantaseamos e imaginamos un montón de insensateces, por alegría o por agotamiento. Y seguí riéndome y agitando aquel palo largo y fino. Cada vez tenía más ganas de reír.

Paré al oír un grito. Un grito prolongado de mujer joven. Una muchacha apareció de improviso al final del sendero, grande, aunque no gorda, de una corpulencia robusta bajo la piel blanca. Tenía las facciones bastante pronunciadas y el pelo muy negro. Chillaba agarrando con fuerza la barra de un cochecito, desde el cual le hacían eco los gemidos de un bebé. Entretanto, Otto le ladraba amenazador, asustado a su vez por los gritos y los gemidos. Eché a correr hacia él, gritándole yo también al perro algo como «¡Túmbate!, ¡túmbate!», pero él seguía ladrando y la mujer voceó:

—¿Es que no sabe que tiene que ir atado, que debe llevar bozal?

¡Qué gilipollas! Era ella la que debía llevar bozal. Se lo grité sin poder contenerme.

—¿Es que no tienes dos dedos de frente? ¡Si gritas así, asustas al niño; entonces el niño llora y los dos asustáis al perro, que por eso ladra! ¡Acción y reacción, coño, acción y reacción! ¡El bozal tendrías que ponértelo tú!

Ella reaccionó con la misma agresividad. La tomó conmigo y con Otto, que seguía ladrando. Sacó a colación a su marido, dijo en tono de amenaza que sabía muy bien qué hacer, que resolvería definitivamente aquella porquería de los perros sueltos por el parque, que los espacios verdes eran para los niños y no para los animales. Luego cogió al niño, que gemía en el cochecito, lo levantó y lo apretó contra su pecho musitando palabras tranquilizadoras, no sé si para ella misma o para él. Al final bisbiseó con los ojos desorbitados, mirando a Otto:

—¿Lo ve? ¿Lo oye? ¡Si se me va la leche, me la pagará usted!

Tal vez fuese aquella alusión a la leche, no lo sé, pero sentí como una especie de sacudida en el pecho, un despertar brusco del oído y de la vista. De golpe vi a Otto en toda su realidad: colmillos afilados, orejas tiesas, pelo erizado, mirada feroz, todos los músculos dispuestos para saltar, ladridos amenazadores. Era un espectáculo verdaderamente espeluznante, pensé que estaba fuera de control, que se había convertido en otro perro de monstruosa e imprevisible maldad. ¡El estúpido lobo malo de los cuentos! Me convencí de que era un acto intolerable de desobediencia que no se hubiese tumbado en silencio como le había ordenado y continuase ladrando, complicando aún más la situación.

—¡Otto, basta ya! —vociferé.

Como no obedecía, levanté el palo que llevaba entre las manos para amenazarlo, pero tampoco así se calló. Entonces perdí los estribos. Lo azoté con fuerza, escuché el silbido en el aire y vi su mirada atónita cuando el golpe le llegó a la oreja. Era un perro estúpido, un perro estúpido que Mario había regalado de cachorro a Ilaria y Gianni, que había crecido en nuestra casa y se había convertido en un animalote cariñoso, un regalo que en realidad mi marido se había hecho a sí mismo, pues soñaba con un perro así desde pequeño, más que los niños. Un perro viciado, una bestia que siempre se salía con la suya. Se lo gritaba, «¡bestia, bestia!», y me oía la voz con claridad mientras azotaba, azotaba, azotaba, y él aullaba encogido, con el cuerpo cada vez más pegado al suelo y las orejas bajas, inmóvil y triste ante aquella incomprensible lluvia de golpes.

—Pero ¿qué hace? —susurró la mujer.

No le contesté. Seguí dando golpes a Otto, de modo que se alejó deprisa empujando el cochecito con una mano, horrorizada no ya del perro sino de mí.

12

Cuando observé aquella reacción me detuve. Miré a la mujer, que prácticamente iba corriendo por el sendero, levantando un poco de polvo, y luego escuché a Otto, que gruñía infeliz con el hocico entre las patas.

Tiré lejos el palo, me agaché junto a él y lo acaricié un rato. ¿Qué le había hecho? Me había descompuesto, como por la acción de un ácido, dentro de sus sentimientos de pobre animal desorientado. Le había dado una tunda sin que viniese a cuento, y con ello le había desmontado la composición estratificada de la experiencia; para él todo se estaría convirtiendo en un flujo caprichoso. «Sí, pobre Otto, pobre Otto», musité no sé durante cuánto tiempo.

Volvimos a casa. Abrí la puerta y entré. Pero noté que la casa no estaba vacía, había alguien.

Otto recorrió a saltos el pasillo, recuperando la vitalidad y la alegría. Corrió hacia el cuarto de los niños, que estaban allí, sentados en sus camas, con las mochilas apoyadas en el suelo y una expresión perpleja. Miré la hora, me había olvidado de ellos por completo.

—¿Qué es ese mal olor? —preguntó Gianni rechazando las fiestas que le hacía Otto.

—Insecticida. Tenemos hormigas en casa.

—¿Cuándo comemos? —se lamentó Ilaria.

Negué con la cabeza. Tenía en la mente una pregunta confusa, y entretanto les expliqué en voz alta a los niños que no había hecho la compra, que no había cocinado, que no sabía qué darles de comer por culpa de las hormigas.

Entonces me estremecí. La pregunta era:

—¿Cómo habéis entrado en casa?

Sí, ¿cómo habían entrado? No tenían llaves, no se las había dado porque dudaba de que supiesen arreglárselas con una cerradura. Con todo, estaban allí, en su cuarto, como si fuesen una aparición. Los abracé con demasiada fuerza, los apreté contra mí para estar segura de que eran ellos de verdad, en carne y hueso, y que no me estaba dirigiendo a figuras de aire.

—La puerta estaba entornada —contestó Gionni.

Me acerqué a la puerta y la examiné. No presentaba signos de haber sido forzada, pero no era de extrañar: la cerradura era vieja, no hacía falta mucho para abrirla.

—¿No había nadie en casa? —pregunté a los niños agitadísima, al tiempo que pensaba: ¿y si los ladrones se han visto sorprendidos por los niños y ahora están escondidos en alguna parte?

Avancé por la casa cogiendo con fuerza a mis hijos y consolada únicamente por el hecho de que Otto seguía saltando a nuestro alrededor sin dar señales de alarma. Miré por todos lados, nadie. Todo estaba en perfecto orden, limpio, ni siquiera quedaban rastros del trasiego de las hormigas.

—¿Qué vamos a comer? —insistió Ilaria.

Preparé una tortilla. Gianni e Ilaria la devoraron y yo picoteé solo un poco de pan con queso. Lo hice sin interés, mientras escuchaba también sin interés la charla de los niños, lo que habían hecho en la escuela, lo que había dicho tal compañero, las villanías que habían sufrido.

Y mientras tanto, yo pensaba: los ladrones buscan por todas partes, revuelven los cajones y, si no encuentran nada que robar, se vengan cagándose en las camas y meando por todas partes. Nada de todo eso había ocurrido en el piso. Y por otro lado, no era una regla. Me perdí en el recuerdo de un episodio de veinte años atrás, cuando todavía vivía en la casa de mis padres. Aquello contradecía todo lo que se comentaba sobre el comportamiento de los ladrones. Al volver habíamos encontrado la puerta forzada, pero la casa estaba en perfecto orden. Ni siquiera había huellas de venganzas sucias. Hasta unas horas más tarde no descubrimos que faltaba la única cosa de valor que teníamos: un reloj de oro que mi padre había regalado a mi madre hacía unos años.

Dejé a los niños en la cocina y fui a ver si el dinero estaba donde siempre lo ponía. Estaba. Lo que no encontré fueron los pendientes de la abuela de Mario. No estaban en su sitio, en el cajón de la cómoda, ni en ningún otro lugar de la casa.

13

Pasé la noche y los días siguientes reflexionando. Me sentía comprometida en dos frentes: mantener con firmeza la realidad de los hechos, atajando el flujo de imágenes mentales y pensamientos, e intentar darme fuerzas, imaginándome como la salamandra, que es capaz de atravesar el fuego sin quemarse.

No sucumbas, me animaba. Lucha. Sobre todo me preocupaba mi creciente incapacidad para retener los pensamientos, para concentrarme en las cosas necesarias. Me asustaban los giros bruscos, incontrolados. Mario —escribía para darme ánimos— no se ha llevado el mundo con él, solo se ha llevado a sí mismo. Y tú no eres una mujer de hace treinta años. Tú eres de hoy, agárrate al presente, no vuelvas atrás, no te pierdas, mantente firme. Sobre todo no te abandones a los monólogos de rabia, divagación o crítica. Acaba con los signos exclamativos. Él se ha ido, quedas tú. Ya no disfrutarás de la luz de sus ojos, de sus palabras, pero ¿qué importa? Organiza las defensas, conserva tu entereza, no te rompas como un bibelot, no seas un juguete, ninguna mujer es un juguete. La *femme rompue*, claro, *rompue*, rota, y una mierda. Mi obligación, pensaba, es demostrar que las mujeres podemos seguir enteras. Demostrármelo a mí, a nadie más. Si me veo expuesta a los lagartos, combatiré contra los lagartos. Si me veo expuesta a las hormigas, combatiré contra las hormigas. Si me veo expuesta a los ladrones, combatiré contra los ladrones. Si me veo expuesta a mí misma, lucharé contra mí.

Al mismo tiempo me preguntaba: ¿quién ha podido entrar en esta casa a coger precisamente los pendientes y nada más? Solo había una respuesta: él. Se había llevado los pendientes de la familia. Quería darme a entender que ya no era de su sangre; me consideraba una extraña, me había apartado definitivamente de él.

Sin embargo, después cambiaba de idea porque aquella me parecía demasiado insoportable. Me decía: Cuidado. No te olvides de los ladrones. Toxicómanos, tal vez. Llevados por la necesidad urgente de una dosis. Es posible, es probable. Y por miedo a llevar demasiado lejos la fantasía, dejaba de escribir, iba a la puerta de casa, la abría, la cerraba suavemente. Luego cogía el pomo, tiraba hacia mí con fuerza, y sí, la puerta se abría, la cerradura no aguantaba; el resorte estaba gastado y el pestillo entraba solo un milímetro. Parecía cerrado y en cambio bastaba tirar un poco y ya estaba abierto. El piso, mi vida y la de mis hijos, todo estaba abierto, expuesto día y noche a cualquiera.

Pronto llegué a la conclusión de que debía cambiar la cerradura. Si en casa habían entrado los ladrones, podían volver. Y si había sido Mario el que había entrado así, de modo furtivo, ¿qué lo diferenciaba de un ladrón? Era casi peor. Entrar a escondidas en su propia casa. Registrar los lugares conocidos, leer por si acaso mis desahogos, mis cartas. El corazón me golpeaba el pecho por la rabia. No, nunca debería haber traspasado de nuevo ese umbral, nunca. Los niños mismos habrían estado de acuerdo conmigo. No se habla con un padre que se introduce en casa a traición y no deja ni una huella de su paso, ni un hola, ni un adiós, ni siquiera un cómo estáis.

Así, llevada unas veces por el resentimiento y otras por la preocupación, me convencí de que debía poner una nueva cerradura en la puerta. Pero en los establecimientos a los que me dirigí me explicaron que, aunque las cerraduras servían para cerrar las entradas a la casa con sus planchas, picoletes, fiadores, pestillos y pasadores, en cualquier caso todas, si se quería, se podían descerrajar, se podían forzar. De modo que, para mi tranquilidad, me aconsejaron blindar la puerta.

Tardé en decidirme, no podía malgastar el dinero. Con la deserción de Mario era fácil predecir que también mi futuro económico empeoraría. No obstante, al final me convencí y empecé a visitar los comercios especializados comparando precios y prestaciones, ventajas e inconvenientes, hasta que al cabo de semanas de obsesivos sondeos y contrataciones me decidí por fin y una mañana llegaron a casa dos operarios, uno de unos treinta años, el otro sobre los cincuenta. Ambos apestaban a tabaco.

Los niños estaban en la escuela, Otto holgazaneaba en un rincón, completamente indiferente a los dos extraños, y yo empecé enseguida a sentirme incómoda. Eso me molestó, cualquier cambio en mi comportamiento me incomodaba, por sutil que fuese. En el pasado siempre había sido amable con cualquiera que llamase a la puerta: empleados del gas, de la luz, el administrador de la finca, un fontanero, el tapicero, incluso los vendedores a domicilio y los agentes inmobiliarios que buscaban pisos en venta. Me tenía a mí misma por una mujer confiada. A veces hasta intercambiaba comentarios con extraños; me gustaba mostrar una serena curiosidad por sus existencias. Estaba tan segura de mí misma que los dejaba entrar en casa, cerraba la puerta y les preguntaba a veces si les apetecía beber algo. Por otra parte, mis modales debían de ser en general tan cordiales y a la vez tan distantes que a ninguno de los visitantes se le había ocurrido nunca pronunciar una frase irrespetuosa o intentar un doble sentido para ver cómo reaccionaba y calcular mi disponibilidad sexual. Aquellos dos, en cambio, empezaron de pronto a intercambiar frases alusivas y risas sardónicas y a canturrear entre dientes canciones vulgares mientras trabajaban con desgana. Entonces me invadió la duda de si en mi cuerpo, en mis gestos o en mi mirada había algo que no controlaba. Me puse nerviosa. ¿Qué se me leía en la cara, que llevaba casi tres meses sin dormir con un hombre? ¿Que no chupaba pollas, que nadie me lamía el coño? ¿Que no follaba? ¿Por eso aquellos dos no dejaban de reírse hablándome de llaves, de ojos y de cerraduras? Debería haberme blindado, vuelto inescrutable. Cada vez estaba más alterada. No sabía qué hacer mientras ellos daban martillazos enérgicos, fumaban sin pedirme permiso y llenaban la casa de un desagradable olor a sudor.

Primero me retiré a la cocina llevándome conmigo a Otto, cerré la puerta, me senté a la mesa e intenté leer el periódico. Pero me distraía, hacían demasiado ruido. De modo que dejé el periódico y me puse a cocinar. Pero luego me pregunté por qué me comportaba así, por qué me escondía en mi propia casa, qué sentido tenía. ¡Ya estaba bien! Volví a la entrada, donde los dos se movían entre la casa y el rellano, colocando los blindajes sobre los batientes viejos.

Les llevé unas cervezas, que recibieron con entusiasmo mal contenido, en especial el mayor, con su lenguaje vulgarmente alusivo; puede que solo quisiera ser gracioso y que aquella fuese la única forma de humor de la que era capaz. Sin que lo hubiese decidido yo —era la garganta la que insuflaba aire contra las cuerdas vocales—, le contesté riéndome, con expresiones aún más insinuantes y, como advertí que los había sorprendido a ambos, sin darles tiempo a que replicasen, continué hablando de modo tan deslenguado que se miraron perplejos, pusieron una media sonrisa, dejaron las cervezas a la mitad y se pusieron a trabajar con mucha más diligencia.

Al poco solo se oían martillazos persistentes. Volví a sentir ese repentino disgusto, pero esta vez me resultó insoportable. Experimenté toda la vergüenza de estar allí, como a la espera de otras vulgaridades que no llegaban. Pasó un largo intervalo de tensión. Como mucho me pidieron que les pasara algunos objetos, una herramienta, pero sin la menor risita, con exagerada cortesía. Poco después recogí las botellas y los vasos y volví a la cocina. ¿Qué me estaba ocurriendo? ¿Seguía servilmente el procedimiento usual de la autodegradación?, ¿había claudicado?, ¿había abandonado la búsqueda de nuevas bases para mí?

Después de un rato me llamaron. Habían terminado. Me enseñaron el funcionamiento y me entregaron las llaves. El mayor me ofreció con sus dedos grandes y sucios una tarjeta de visita mientras decía que si tenía problemas y necesitaba que él interviniese, no tenía más que telefonearle.

En ese momento me pareció que volvía a mirarme con insistencia, pero no reaccioné. En realidad no le presté atención de verdad hasta que introdujo las llaves en los ojos enmarcados por sendos escudos, que brillaban como dos soles sobre la lámina oscura de la puerta, e insistió varias veces en la posición.

—Esta se introduce en vertical —dijo— y esta, en horizontal.

Lo miré perpleja.

—Cuidado, porque puede estropearse el mecanismo —añadió y luego filosofó con renovada insolencia chistosa—: Las cerraduras se van acostumbrando. Tienen que reconocer la mano de su amo.

Probó primero una llave, luego la otra. Tuve la impresión de que él mismo debía forzar un poco para girarlas, de modo que le pedí que me dejara probar a mí. Cerré y abrí ambas cerraduras con gesto seguro, sin dificultad. El más joven dijo con languidez exagerada:

—Desde luego, la señora tiene una mano bonita y segura.

Les pagué y se marcharon. Cerré la puerta a mi espalda y me apoyé en ella sintiendo las vibraciones largas, vivas, del tablero hasta que se extinguieron y retornó la calma.

14

Al principio las llaves no dieron problemas. Se deslizaban en las cerraduras y giraban en su interior con chasquidos limpios. Adquirí el hábito de encerrarme con llave al volver a casa, de día, de noche, no quería más sorpresas. Pero muy pronto la puerta se convirtió en mi última preocupación, debía ocuparme de muchas cosas. Iba dejando notas por todas partes y haciendo memoria continuamente: acuérdate, debes hacer esto; acuérdate, debes hacer aquello. Me distraje y empecé a confundirme: la llave de arriba la metía en la cerradura de abajo y viceversa. Forzaba, insistía, me enfadaba. Llegaba cargada con las bolsas de la compra, sacaba las llaves y me equivocaba, me equivocaba, me equivocaba. Entonces me imponía concentración. Me quedaba quieta y respiraba profundamente.

Ahora presta atención, me decía. Y con gestos lentos, meditados, elegía llave y cerradura, me concentraba en una y en otra hasta que los chasquidos del resorte me anunciaban que lo había conseguido, la operación había sido correcta.

Pero notaba que las cosas se estaban poniendo feas, y eso me asustaba cada vez más. Aquel continuo estado de alerta para evitar errores o afrontar peligros terminó por cansarme tanto que, a veces, solo con pensar en algo que debía hacer con urgencia ya creía que de verdad lo había hecho. El gas, por ejemplo, una vieja angustia mía.

Me convencía de que había apagado el fuego que ardía bajo la olla —¡acuérdate, acuérdate, tienes que apagar el gas!—, pero no. Había cocinado, había puesto la mesa, la había quitado, había metido los platos en el lavavajillas y la llama azul había permanecido encendida con discreción, brillando toda la noche como una corona de fuego en torno al metal del fogón, remarcando mi descontrol hasta que la encontraba por la mañana al entrar en la cocina para preparar el desayuno.

¡Ay, qué cabeza! Ya no podía fiarme. Mario enterraba, anulaba todo lo que no fuese su imagen de adolescente, de hombre, la forma en que había crecido ante mis ojos con el transcurso de los años, entre los brazos, en la tibieza de los besos. Solo pensaba en él, en cómo era posible que hubiese dejado de amarme, en la necesidad de que me devolviese el amor. No podía abandonarme así. Mentalmente hacía la lista de todo lo que me debía. Lo había ayudado a preparar los exámenes de la universidad, lo había acompañado cuando no encontraba el valor para presentarse, lo había animado por las calles ruidosas de Fuorigrotta, entre el gentío de estudiantes de la ciudad y de los pueblos, sabiendo que el corazón se le salía del pecho, oía sus latidos, veía la palidez que le devoraba el rostro cuando lo empujaba por los pasillos de la universidad. Me había quedado despierta noches y noches con él para hacerle repetir las materias incomprensibles de sus estudios, me había restado todo mi tiempo para sumarlo al suyo y hacerlo así más poderoso. Había dejado de lado mis aspiraciones para que él alcanzase las suyas. Cada vez que sufría crisis de desaliento yo me olvidaba de las mías para reconfortarlo. Me había dispersado en sus minutos, en sus horas, para que él pudiese concentrarse. Me había encargado de la casa, de la comida, de los niños, de todos los avatares de la supervivencia diaria, mientras él remontaba tercamente la pendiente de nuestro origen sin privilegios. Y un día, sin previo aviso, me había abandonado llevándose con él todo el tiempo, toda la energía, todos los esfuerzos que yo le había regalado para gozar de los frutos con otra, con una extraña que no había movido un dedo para parirlo y criarlo y convertirlo en lo que se había convertido. Era una acción tan injusta, un comportamiento tan ofensivo que no podía creerlo, y a veces lo imaginaba inmerso en la oscuridad, sin recordar ya nuestras cosas, perdido y en peligro, y me parecía que lo amaba como no lo había amado nunca, con más ansiedad que pasión, y pensaba que tenía una necesidad urgente de mí.

Pero no sabía dónde buscarlo. Lea Farraco negó que ella me hubiera dicho que Mario vivía en la plaza Brescia, me dijo que yo había entendido mal, que no era posible, que Mario jamás habría ido a vivir a aquella zona. Me enfadé muchísimo, sentía que me estaba tomando el pelo, y volví a pelearme con ella. Otros me decían que estaba de nuevo en el extranjero. Claro, de viaje con su puta. No podía creerlo, me parecía imposible que pudiese olvidarse tan fácilmente de su mujer y de sus hijos, desaparecer durante meses, desentenderse de las vacaciones de los niños, anteponer su bienestar al de ellos. ¿Qué clase de hombre era? ¿Con qué individuo había vivido quince años?

Llegó el verano y las clases terminaron. Con las escuelas cerradas, no sabía qué hacer con los niños. Les daba vueltas por la ciudad, en la canícula, y ellos estaban pesados, caprichosos, propensos a atribuirme la culpa de todo, de que hiciese tanto calor, de que nos hubiésemos quedado en la ciudad, de que no fuésemos a la playa, de que no fuésemos al campo. Ilaria repetía con un exagerado aire de sufrimiento:

—No sé qué hacer.

—¡Basta! —gritaba yo con frecuencia, en casa o en la calle—, ¡he dicho basta! —Y hacía el gesto de darles un bofetón, levantaba la mano. Tenía ganas de hacerlo de verdad, me contenía a duras penas.

Pero no se calmaban. Ilaria quería probar los ciento diez sabores que prometía una heladería situada en los soportales de la vía Cernaia. Yo tiraba de ella, y ella clavaba los pies en el suelo y tiraba de mí hacia la entrada del local. Gianni, de repente, se soltaba de mi mano y cruzaba la calle, entre los toques de claxon y mis gritos de aprensión, porque quería ver por enésima vez el monumento a Pietro Micca, cuya historia le había contado Mario con lujo de detalles. No conseguía controlarlos en la ciudad, que se iba quedando vacía y que levantaba de las colinas, del río, del empedrado, un aire caliente y bochornoso o una calima insoportable.

Una vez nos peleamos precisamente allí, en los jardines que había frente al Museo de Artillería, bajo la estatua verdosa de Pietro Micca, el del sable, el de la mecha. Sabía poco de aquellas historias de héroes abatidos y muertos, de fuego y sangre.

—No sabes contar historias —me dijo Gianni—, no te acuerdas de nada.

—Entonces que te las cuente tu padre —repliqué.

Y empecé a gritarles que si a su entender yo no servía para nada, entonces que se fueran con su padre. Tenían una nueva madre, guapa y dispuesta, y seguramente turinesa; seguro que ella lo sabía todo sobre Pietro Micca y sobre aquella ciudad de reyes y princesas, de gente engreída, personas frías, autómatas de metal. Grité y grité sin control. A Gianni y a Ilaria les gustaba mucho la ciudad. Mi hijo conocía las calles y sus historias. Su padre los dejaba jugar a menudo bajo el monumento que había al final de la vía Meucci, allí había un bronce que les encantaba al niño y a él. ¡Qué estupidez, los recuerdos de reyes y generales por las calles! Gianni fantaseaba con ser como Fernando de Saboya en la batalla de Novara, cuando salta del caballo moribundo, sable en mano, listo para la lucha. Sí, tenía ganas de hacerles daño a mis hijos, sobre todo al niño, que ya tenía acento piamontés; también Mario hablaba como si fuese de Turín, borrando a propósito la cadencia napolitana. Odiaba que Gianni se sintiese un chulito. Crecía estúpido, presuntuoso y agresivo, con ganas de derramar su sangre o la de los demás en cualquier conflicto bárbaro. Ya no lo soportaba. Los dejé plantados en el jardín, junto a la fuente, y me alejé rápidamente a pasos largos por la vía Galileo Ferraris en dirección a la estatua de Víctor Manuel II, una larga sombra al final de las líneas paralelas de los edificios, alta contra el pedazo de cielo encapotado y caliente que se veía desde la calle. Tal vez quería abandonarlos de verdad para siempre, olvidarme de ellos y, cuando por fin Mario apareciese, golpearme la frente y exclamar: ¿Tus hijos? ¡Pues no lo sé! Me parece que los he perdido, porque la última vez que los vi fue hace un mes, en los jardines de la Ciudadela.

Luego ralenticé el paso y volví atrás. ¿Qué me estaba pasando? Perdía el contacto con aquellas criaturas inocentes, se alejaban como si estuviesen en equilibrio sobre un tronco llevado por la corriente. Tenía que volver por ellos, sujetarlos, mantenerlos estrechados contra mí, eran míos. Los llamé:

—¡Gianni! ¡Ilaria!

No los veía, ya no estaban junto a la fuente.

Miré alrededor con la angustia secándome la garganta. Corrí por los jardines como si quisiera abarcar los árboles y los parterres con desplazamientos rápidos e incoherentes. Temía que se rompiesen en mil pedazos. Me detuve frente a una gran boca de fuego perteneciente a la artillería turca del siglo XV, un potente cilindro de bronce en mitad de un arriate. Grité una vez más los nombres de los niños y me respondieron desde el interior del cañón. Se habían tumbado allí dentro, sobre un cartón que había servido de lecho a algún inmigrante. Volví a oír el fragor de la sangre en mis venas, los agarré por los pies y tiré de ellos con fuerza.

—Ha sido él —dijo Ilaria denunciando al hermano—. Ha dicho: «Escondámonos aquí».

Sujeté a Gianni por un brazo, lo sacudí con fuerza y lo amenacé, llena de rabia:

—¿No sabes que ahí dentro puedes pillar una enfermedad? ¿No sabes que puedes ponerte enfermo y morir? ¡Mira, imbécil, lo haces otra vez y te mato!

El niño me miró incrédulo. Con la misma incredulidad lo miré yo. Vi a una mujer junto a un arriate, a pocos pasos de un viejo instrumento de destrucción que ahora hospedaba por las noches a seres humanos de mundos lejanos y sin esperanza. En ese momento no la reconocí. Me asusté únicamente porque se había quedado con mi corazón, que ahora latía en su pecho.

15

Con las facturas también tuve problemas en aquella época. Me enviaban avisos donde me notificaban que en tal fecha me cortarían el agua, la luz o el gas por falta de pago. Yo me empeñaba en que había pagado, buscaba durante horas los recibos, perdía un montón de tiempo protestando, peleando, escribiendo, para luego rendirme humillada ante la evidencia de que no había pagado.

Fue lo que ocurrió con el teléfono. No solo continuaban las interferencias de las que Mario me había advertido, sino que además, de repente, no pude llamar más: una voz me decía que la línea no estaba habilitada para ese tipo de uso o algo por el estilo.

Como había roto el móvil, fui a una cabina y llamé a la compañía telefónica para resolver el problema. Me aseguraron que intentarían solucionarlo lo antes posible. Pero pasaban los días y el teléfono seguía sin funcionar. Volví a llamar, hecha una fiera; me temblaba la voz de la rabia. Expuse el caso en un tono tan agresivo que el empleado permaneció en absoluto silencio, luego consultó su ordenador y me comunicó que habían cortado la línea por falta de pago.

Estaba indignada, juré por mis hijos que había pagado, los insulté a todos, del más miserable empleado a los directores generales, hablé de indolencia «levantina», sí, eso dije, destaqué la desorganización crónica, las pequeñas y grandes corrupciones de Italia, y vociferé: «Me dais asco». Subí a casa y estuve buscando y revisando todos los recibos hasta descubrir que era cierto, me había olvidado de pagar.

En efecto, al día siguiente pagué la factura, pero la situación no mejoró. Con la línea volvió también el ruido permanente, como un viento de tormenta en el micrófono. La señal era casi imperceptible. Corrí de nuevo al bar de abajo a llamar por teléfono. Me dijeron que tal vez habría que cambiar el aparato, tal vez. Miré el reloj, todavía faltaba un rato para que cerrasen las oficinas. Salí de allí furiosa, no podía contenerme.

Conduje por la ciudad vacía de agosto, el calor era sofocante. Aparqué entre dos coches, golpeando los guardabarros de ambos, y busqué a pie la vía Meucci. Lancé una mirada hosca a la gran fachada de mármol jaspeado donde estaban las oficinas de la compañía telefónica y subí los escasos escalones de dos en dos. En la garita encontré a un hombre afable, poco dispuesto a discutir. Le dije que quería ir a la oficina de reclamaciones, deprisa, tenía que protestar por el mal servicio.

—No tenemos oficinas abiertas al público desde hace por lo menos diez años —me respondió.

—¿Y si quiero reclamar?

—Debe hacerlo por teléfono.

—¿Y si quiero escupírselo a alguien en la cara?

Me aconsejó serenamente que probase con la sede de la vía Confienza, cien metros más allá. Eché a correr como si llegar a la vía Confienza fuese cuestión de vida o muerte. No corría así desde que tenía la edad de Gianni. Pero allí tampoco tuve ocasión de desahogarme. Encontré la puerta de vidrio cerrada. La sacudí con fuerza, a pesar de la indicación «puerta con alarma». Con alarma, qué ridiculez, pues que saltase la alarma, que se alarmase la ciudad y el mundo entero. Por una ventanilla de la pared que estaba a mi izquierda se asomó un tipo sin ganas de charlar que me despachó en pocas palabras y desapareció de nuevo: aquello no eran oficinas, y menos abiertas al público. Todo había quedado reducido a voces asépticas, pantallas de ordenador, mensajes de correo electrónico, operaciones bancarias.

—Si alguien tiene ganas de soltar la mala leche —me dijo con voz gélida—, lo siento mucho, pero aquí no hay nadie con quien desahogarse.

El disgusto me produjo dolor de estómago. Volví a la acera, me sentía como si estuviese a punto de perder el aliento y desplomarme en el suelo. Fijé la vista en las letras de una placa que había en el edificio de enfrente como si así pudiese mantenerme en pie. Palabras para no caerme. Desde esta casa entró en la vida como sombra de un sueño un poeta que desde la tristeza de la nada —¿y por qué la nada es triste, qué tiene de triste la nada?—, con el nombre de Guido Gozzano, llegó a Dios. Palabras pretendidamente artísticas para el arte de encadenar palabras. Me alejé con la cabeza gacha, tenía miedo de hablar sola. Un tipo me miró con insistencia y apreté el paso. Ya no recordaba dónde había dejado el coche, pero me daba igual.

Vagué sin rumbo fijo, rodeé el Teatro Alfieri y acabé en la vía Pietro Micca. Miré alrededor, desorientada. Allí seguro que no estaba el coche, pero delante de uno de los escaparates de una joyería vi a Mario con su nueva mujer.

No sé si la reconocí enseguida. Solo sentí como un puñetazo en medio del pecho. Puede que lo primero que viese fuera que era muy joven, tan joven que Mario a su lado parecía un viejo. O puede que me fijase antes que nada en su vestido azul de tela fina, un vestido viejo, pasado de moda, de esos que se pueden comprar en las tiendas de segunda mano de lujo, viejo, pero suave, sobre un cuerpo de curvas ligeras, las curvas del cuello largo, de los pechos, de las caderas, de los tobillos. O en el pelo rubio y abundante, recogido en la nuca con un pasador que era como una mancha hipnótica.

No lo sé.

Seguramente debí de pasar a toda prisa la goma de borrar por su suave cara de veinteañera, antes de que surgiera ante mí el rostro inmaduro, anguloso, todavía infantil, de Carla, la adolescente que había sido el centro de nuestra crisis conyugal unos años antes. Desde luego fue después de reconocerla cuando me fulminó el brillo de los pendientes, los pendientes de la abuela de Mario, mis pendientes.

Le colgaban de los lóbulos, le marcaban con elegancia el cuello, resaltaban su sonrisa, volviéndola aún más brillante. Estaban mirando el escaparate. Mi marido le ceñía la cintura con gesto alegre de propietario, mientras ella apoyaba un brazo desnudo sobre su hombro.

El tiempo se dilató. Crucé la calzada a pasos largos y decididos. No tenía en absoluto ganas de llorar o gritar o pedir explicaciones, solo una negra fijación de destrucción.

Me había engañado durante casi cinco años.

Había estado casi cinco años gozando en secreto de aquel cuerpo, cultivando aquella pasión, transformándola en amor. Había dormido pacientemente a mi lado abandonándose al recuerdo de ella. Había esperado a que fuese mayor de edad, más que mayor de edad, para decirme que se quedaba con ella definitivamente, que me dejaba. Miserable, cobarde. Tan cobarde que no había sido capaz de decirme la verdad. Había unido la impostura conyugal a la impostura sexual para darle tiempo a su cobardía, para controlarla y encontrar poco a poco la fuerza de dejarme.

Le caí encima por la espalda. Lo golpeé con todo el peso de mi cuerpo, y su cara se estrelló contra el cristal del escaparate. Creo que

Carla gritó, pero yo solo le vi la boca abierta, un agujero negro encerrado en la cerca blanca y regularísima de los dientes. Miré a Mario. Se estaba volviendo con ojos espantados; le sangraba la nariz, y me miraba asustado y desconcertado a la vez. No saltarme las comas, no saltarme los puntos. Pobre hombre, pobre hombre. No es fácil pasar de la tranquila felicidad del paseo romántico a la confusión, a la desconexión del mundo. Lo agarré por la camisa y tiré con tanta fuerza que se le desgarró por el hombro derecho, quedándose con el torso desnudo. Ya no llevaba camiseta, no tenía miedo a los resfriados, a las bronquitis. Conmigo lo devoraba la hipocondría. Evidentemente le había vuelto la salud. Qué moreno estaba, y más delgado, aunque ahora se le veía un poco ridículo porque tenía un brazo cubierto por la manga, íntegra y bien planchada; de la otra manga le había quedado un poco del hombro y también el cuello, aunque torcido; sin embargo, el tórax estaba desnudo. De los pantalones le colgaban tiras de tela y la sangre le corría por los pelos rizados del pecho.

Lo golpeé una y otra vez, cayó en la acera y empecé a darle patadas, una dos tres cuatro patadas. Pero, no sé por qué, no se protegía, sus movimientos eran descoordinados; en lugar de las costillas se cubría el rostro con los brazos, a lo mejor por vergüenza, quién sabe.

Cuando me cansé de patearlo me volví hacia Carla, que todavía tenía la boca abierta. Ella retrocedía y yo avanzaba. Intentaba agarrarla, pero se me escapaba. No tenía intención de pegarle. Era una extraña. Con respecto a ella me sentía casi en calma. Aquello solo iba con Mario, que era quien le había dado los pendientes; por eso yo aferraba el aire a manotazos intentando quitárselos. Quería arrancárselos de las orejas, rasgarle la carne, negarle la condición de heredera de los antepasados de mi marido. ¿Qué pintaba ella, sucia puta, en aquella línea de sucesión? Se las daba de chocho bonito con mis cosas, cosas que más tarde deberían ser de mi hija. Abría las piernas, le mojaba un poco el pijo y se imaginaba que así lo había bautizado, yo te bautizo con el agua santa del coño, sumerjo tu polla en mi carne mojada y le doy nuevo nombre. A partir de ahora se llamará mío y nace a una nueva vida. La muy imbécil. Creía que por eso tenía derecho sobre todo y a todo, a ocupar mi lugar, a hacer mi papel, puta de mierda. ¡Dame esos pendientes, dame esos pendientes! Quería arrancárselos con toda la oreja, quería quitarle su hermosa cara con los ojos la nariz los labios el cuero cabelludo la melena rubia, quería llevármelos como si fuese un garfio que despegase su traje de carne, la bolsa de los pechos, el vientre que le cubría las tripas y las ensuciaba hasta el ojo del culo, hasta el coño profundo coronado de oro. Y dejarle solamente lo que en realidad era, una fea calavera manchada de sangre fresca, un esqueleto recién desollado. Porque la cara y la piel sobre la carne no son en definitiva sino una cobertura, un disfraz, un maquillaje para el horror insoportable de nuestra naturaleza viva. Y él había caído en la trampa, se había dejado enredar. Por esa cara, por ese traje suave, había entrado en mi casa y me había robado mis pendientes, por amor a esa máscara de carnaval. Quería arrancársela entera, sí, descuajársela junto con los pendientes. Entretanto le gritaba a Mario:

—¡Mira, vas a ver cómo es en realidad!

Pero él me contuvo. No intervino ni uno solo de los peatones que pasaban. Creo que algunos curiosos relajaron el paso para observar y divertirse. Lo recuerdo porque les dediqué a ellos, a los curiosos, trozos de frases a modo de información, deseaba que entendiesen qué estaba haciendo, cuáles eran los motivos de mi furia. Y me pareció que ellos se quedaban a escuchar, querían ver si de verdad cumplía mis amenazas. Una mujer puede matar en la calle con facilidad, en medio del gentío, puede hacerlo más fácilmente que un hombre. Su violencia parece un juego, una parodia, un uso impropio y un poco ridículo de la determinación masculina de hacer daño. Si Mario no me lo hubiese impedido, le habría arrancado los pendientes de los lóbulos.

Me sujetó y me echó a un lado como si fuese un objeto. Nunca me había tratado con tanto odio. Me amenazó, estaba cubierto de sangre, desencajado. Pero yo lo veía como a alguien que te habla desde el televisor de un escaparate.

Más que peligroso, me parecía desolado. Desde allí, desde una distancia incierta, tal vez la distancia que separa lo falso de lo verdadero, me apuntó con un índice maligno que salía de la única manga de camisa que le quedaba. No entendí lo que dijo, pero me dio risa el artificial tono imperioso de su voz. La carcajada me dejó vacía, me quitó las ganas de agredirlo. Dejé que se llevase a su mujer y los pendientes que le colgaban de las orejas. Qué más daba, lo había perdido todo, todo lo mío, todo, sin remedio.

16

Cuando los niños volvieron de la escuela les dije que no tenía ganas de cocinar, que no había preparado nada, que se las apañasen. Tal vez por mi aspecto, o por lo que comunicaba mi tono apagado, se fueron a la cocina sin protestar. Cuando reaparecieron, se quedaron en un rincón del salón, en silencio, un poco molestos. En un momento dado, Ilaria se acercó a mí, me puso las manos en las sienes y preguntó:

—¿Te duele la cabeza?

Respondí que no, que solo quería que no me incordiasen. Fueron a su cuarto a hacer los deberes, ofendidos por mi comportamiento y frustrados porque había rechazado su afecto. Cuando me di cuenta de que se había hecho de noche, me acordé de ellos y fui a ver lo que hacían. Se habían dormido vestidos, en la misma cama, los dos juntos. Los dejé como estaban y cerré la puerta.

Reaccionar. Me puse a recoger. Cuando hube terminado empecé de nuevo, haciendo una especie de ronda, a la caza de todo lo que no diese apariencia de orden. Lucidez, determinación, agarrarme a la vida. En el cuarto de baño encontré el habitual caos en el cajón de las medicinas. Me senté en el suelo y empecé a separar los medicamentos caducados de los que aún servían. Cuando todos los fármacos inutilizables estaban en el cubo de la basura y el cajón en perfecto orden, cogí dos cajas de somníferos y las llevé al salón, las puse en la mesa y me serví un vaso bien lleno de coñac. Con el vaso en una mano y un puñado de pastillas en la palma de la otra, me acerqué a la ventana, por la que entraba la brisa húmeda y caliente del río, de los árboles.

¡Era todo tan casual! De jovencita me había enamorado de Mario, pero habría podido enamorarme de cualquier otro; solo se trata de un cuerpo al que terminamos por atribuir algún significado. Cuando llevas con él un largo período de vida, acabas pensando que es el único hombre con el que puedes sentirte bien, le atribuyes quién sabe qué virtudes decisivas, y sin embargo es solo un gaznate que emite sonidos engañosos; no sabes quién es realmente, no lo sabe ni él. Somos ocasiones. Consumimos y perdemos nuestra vida solo porque hace mucho tiempo un tipo con ganas de descargarnos dentro su pene fue amable y nos eligió entre todas las mujeres. Tomamos por cortesías dirigidas solo a nosotras el banal deseo de follar. Nos gustan sus ganas de follar, estamos tan obcecadas con él que creemos que son ganas de follar precisamente con nosotras, solo con nosotras. Oh, sí, él, que es tan especial y que nos ha reconocido como especiales. Les damos un nombre a esas ganas de coño, las personalizamos, las llamamos «mi amor». ¡Al diablo con todo, menudo engaño, menudo estímulo infundado! Igual que una vez folló conmigo, ahora folla con otra, ¿qué pretendo? El tiempo pasa, una se va, otra viene. Hice el amago de ingerir unas pocas pastillas. Quería dormir arrellanada en el fondo más oscuro de mí misma, pero en aquel preciso momento surgió de la masa de árboles de la plazoleta la sombra violácea de Carrano con su instrumento a la espalda. Con paso incierto y sin prisa, el músico recorrió todo el espacio vacío de coches —la canícula había dejado la ciudad definitivamente deshabitada— y desapareció bajo la mole del edificio. Después de un momento oí el crujido del engranaje del ascensor, su zumbido. De repente me acordé de que aún tenía el carnet de aquel hombre. Otto gruñó entre sueños.

Fui a la cocina a tirar las pastillas y el coñac por el fregadero y me puse a buscar el documento de Carrano. Lo encontré sobre la mesita del teléfono, casi oculto por el aparato. Lo manoseé un poco y miré la foto del músico. En ella tenía el pelo negro, aún no habían aparecido las arrugas profundas que le marcaban la cara entre la nariz y las comisuras de la boca. Miré la fecha de nacimiento, intenté recordar qué día era, y entonces advertí que su cumpleaños estaba a punto de empezar: cincuenta y tres años.

Me sentía indecisa. Me apetecía bajar el tramo de escaleras, llamar a su puerta y usar el documento para entrar en su casa a medianoche; pero al mismo tiempo estaba asustada, asustada del extraño, de la noche, del silencio del edificio, de los aromas húmedos y sofocantes que llegaban del parque, del canto de los pájaros nocturnos.

Pensé en llamarlo por teléfono, no quería cambiar de idea; al contrario, deseaba llevarla a cabo. Busqué el número en la guía, lo encontré. Compuse en mi mente una conversación cordial: «Justo esta mañana he encontrado su permiso de conducir en el paseo; he bajado a traérselo, si no es demasiado tarde; y además debo confesarle que por casualidad he visto su fecha de nacimiento; me gustaría felicitarlo, le deseo de todo corazón un feliz cumpleaños, señor Carrano, de verdad, feliz cumpleaños, acaban de dar las doce, apuesto a que soy la primera en felicitarlo».

Ridícula. Nunca había sabido usar tonos cautivadores con los hombres. Amable, cordial, pero siempre sin el calor y sin los gestos de la disponibilidad sexual. Era algo que me había atormentado durante toda la adolescencia. Pero ahora tengo casi cuarenta años, me dije, algo habré aprendido. Levanté el auricular con el corazón golpeándome el pecho y colgué furiosa. Otra vez ese ruido de ventisca, sin línea. Lo volví a descolgar, probé a marcar el número. El ruido no se iba.

Sentí un peso que me cerraba los párpados. No había esperanza, el bochorno de la noche en soledad me iba a destrozar el corazón. Entonces vi a mi marido. Ya no estrechaba entre los brazos a una mujer desconocida. Le reconocía la cara bonita, los pendientes en los lóbulos, el nombre de Carla, el cuerpo de impudor juvenil. En aquel momento los dos estaban desnudos, follaban sin prisas, pensaban follar toda la noche, como sin duda habían hecho sin que yo lo supiera en los últimos años. Cada uno de mis espasmos de dolor coincidía con uno de sus espasmos de placer.

Me decidí, ya bastaba con aquel sufrimiento. A las palabras de su felicidad nocturna debía añadir yo las de mi venganza. Yo no era una mujer que se hacía pedazos con los golpes del abandono y de la ausencia, hasta enloquecer, hasta morir. Estaba entera y entera seguiría. A quien me hace daño, le pago con la misma moneda. Soy el ocho de espadas, soy la avispa que pica, soy la serpiente oscura, soy el animal invulnerable que atraviesa el fuego y no se quema.

17

Cogí una botella de vino, metí en el bolsillo las llaves de casa y, sin arreglarme siquiera un poco el pelo, bajé al cuarto piso.

Llamé con decisión, dos veces, dos largas descargas eléctricas, a la puerta de Carrano. Volvió el silencio, la angustia me latía en la garganta. Luego oí pasos indolentes, y de nuevo todo quedó en silencio, Carrano me estaba observando por la mirilla. La llave giró en la cerradura: era un hombre que temía la noche, cerraba con llave, como una mujer sola. Pensé en volver a casa corriendo antes de que la puerta se abriese.

Pero ya era tarde. Estaba delante de mí en albornoz, con sus grandes tobillos al descubierto. Calzaba unas zapatillas con la marca de un hotel en el empeine. Debía de haberlas robado junto con las pastillas de jabón durante alguno de sus viajes con la orquesta.

—Felicidades —dije deprisa, sin sonreír—, felicidades por su cumpleaños.

Le extendí con una mano la botella de vino y con la otra el permiso.

—Lo he encontrado esta mañana al final del paseo.

Me miró desorientado.

—La botella no —aclaré—, el permiso.

Solo entonces pareció comprender y dijo perplejo:

—Gracias, ya no esperaba encontrarlo. ¿Quiere entrar?

—Tal vez sea muy tarde... —murmuré, presa del pánico otra vez.

—Es tarde, sí, pero... pase, haga el favor... y gracias..., la casa está un poco desordenada... Pase.

Su tono me agradó. Era el tono de un tímido que intenta parecer un hombre de mundo, pero sin convicción. Entré y cerré la puerta.

Desde ese momento, de forma milagrosa, empecé a sentirme a gusto. En la sala vi la gran funda apoyada en un rincón. Era una presencia destacada, como la de una sirvienta de hace medio siglo, una de esas maritornes de pueblo que en las ciudades criaban a los hijos de la gente acomodada. La casa, desde luego, estaba en desorden (vi un periódico en el suelo, viejas colillas de algún visitante en el cenicero, un vaso con restos de leche sobre la mesa), pero era el desorden acogedor de un hombre solo, y además el aire olía a jabón; se sentía aún el vapor limpio de la ducha.

—Perdone la vestimenta, pero acababa de...

—En absoluto.

—Voy por unos vasos. ¿Quiere aceitunas, algo de picar...?

—En realidad yo solo quería brindar por usted.

Y por mí. Y por la amargura, la pronta amargura del amor y del sexo que les deseaba a Mario y Carla. Así tenía que acostumbrarme a llamarlos, eran los nombres permanentemente unidos de una nueva pareja. Antes se decía Mario y Olga, ahora se dice Mario y Carla. Tenía que darle un mal dolor en la polla, una atrofia infecciosa, una podredumbre por todo el cuerpo que desprendiera el hedor de la traición.

Carrano volvió con los vasos. Descorchó la botella y esperó un poco; sirvió el vino, y mientras tanto dijo cosas amables con voz serena: tenía unos hijos muy guapos, me había visto a menudo por la ventana cuando estaba con ellos, sabía tratarlos. No mencionó al perro, ni a mi marido. Noté que no podía soportar ni a uno ni a otro, pero, en aquella circunstancia, por gentileza, no le parecía correcto decírmelo.

Después del primer vaso se lo dije. Otto era un buen perro, pero, francamente, yo no lo habría acogido nunca en casa; un pastor alemán sufre en un piso. Había sido mi marido, que insistió. Había asumido la responsabilidad del animal, como, por otra parte, tantas otras responsabilidades. Pero al final se había portado como un cobarde, un individuo incapaz de ser fiel a los compromisos adquiridos. No sabemos nada de las personas, y menos aún de aquellas con las que lo compartimos todo.

—Yo sé de mi marido tanto como de usted, no hay diferencia —le aseguré.

El alma es solo viento inconstante, señor Carrano, una vibración de las cuerdas vocales suficiente para fingir que se es alguien, algo. Mario se había ido, le dije, con una joven de veinte años. Me había traicionado con ella durante cinco años, en secreto, un hombre doble, dos caras, dos flujos independientes de palabras. Y ahora había desaparecido cargando sobre mí todas las responsabilidades: cuidar a sus hijos, sacar adelante la casa, ocuparme incluso del perro, del estúpido Otto. Estaba derrotada. Por las responsabilidades, exclusivamente, no por otra cosa. ¡Qué me importaba él! Las responsabilidades, que antes repartíamos, ahora eran todas mías, incluso la de no haber sabido mantener viva nuestra relación —viva, mantener viva: un tópico; ¿por qué tenía que ser yo precisamente la que me ocupara de mantenerla viva?; estaba cansada de tanto tópico—, cargaba incluso con la responsabilidad de comprender dónde habíamos fallado. Porque aquel desgarrador trabajo de análisis estaba obligada a hacerlo también por Mario; él no quería escarbar hondo, no quería corregirse o renovarse. Estaba como cegado por la rubita, pero yo me había impuesto la tarea de analizar punto por punto nuestros quince años de convivencia, y lo estaba haciendo, trabajaba en ello todas las noches. Quería estar preparada para reconstruirlo todo en cuanto él empezase a razonar. Si es que eso ocurría.

Carrano se sentó a mi lado en el sofá, se cubrió las pantorrillas con el albornoz todo lo que pudo y paladeó su vino mientras escuchaba atentamente lo que le decía. No intervino en ningún momento, pero consiguió trasmitirme una certeza tan absoluta de atención que yo sentí que no se perdía ni una sola palabra, ni una sola emoción, y no me avergoncé cuando me puse a llorar. Rompí a llorar sin problemas, segura de que me comprendía, y sentí un arrebato interno, una sacudida tan intensa de dolor, que las lágrimas me parecieron fragmentos de un objeto de cristal guardado largo tiempo en algún lugar secreto que ahora, a causa de la sacudida, se rompía en mil pedazos cortantes. Notaba los ojos heridos, también la nariz; sin embargo, no podía contenerme. Y me conmoví aún más cuando advertí que Carrano tampoco podía contenerse. Le temblaba el labio inferior y tenía los ojos brillantes. Susurró:

—Señora, no haga eso...

Me enterneció su sensibilidad. Entre las lágrimas, dejé el vaso en el suelo y, como para consolarlo, yo, que tenía necesidad de consuelo, me arrimé a él.

No dijo nada, pero me ofreció enseguida un pañuelo de papel. Susurré algunas excusas, me sentía humillada. Él replicó que debía calmarme, no podía soportar la visión del dolor. Me sequé los ojos, la nariz, la boca, me acurruqué a su lado, por fin un poco de paz. Apoyé despacio la cabeza en su pecho y abandoné un brazo sobre sus piernas. Nunca habría imaginado que podría hacer una cosa así con un extraño. Rompí de nuevo a llorar. Carrano me puso con cautela, tímidamente, un brazo alrededor de los hombros. En la casa había un silencio tibio, me calmé de nuevo. Cerré los ojos, estaba cansada y quería dormir.

—¿Puedo estar un poco así? —Al preguntar me salió un hilo de voz imperceptible, casi un suspiro.

—Sí —respondió. Fue una afirmación casi afónica.

Puede que me quedase dormida. Por un instante tuve la impresión de que estaba en la habitación de Mario y Carla. Me molestó sobre todo el fuerte olor a sexo. A aquella hora seguro que todavía estaban despiertos, empapaban de sudor las sábanas, hundían con avidez la lengua uno en la boca del otro. Me estremecí. Algo me había rozado la nuca, tal vez los labios de Carrano. Levanté la vista perpleja y me besó en la boca.

Hoy sé lo que sentí, pero entonces no lo comprendí. En aquel momento solo tuve una impresión desagradable, como si me hubiese lanzado una señal a partir de la cual no me quedaba otra cosa que ir bajando de uno en uno los peldaños de la repugnancia. En realidad, sentí sobre todo una llamarada de odio hacia mí misma por estar allí, por no tener excusa, por haber decidido ir, por la sensación de que no podía echarme atrás.

—¿Tenemos que empezar? —dije en tono falsamente alegre.

Carrano esbozó una sonrisa incierta.

—Nadie nos obliga.

—¿Quieres que lo dejemos?

—No…

Acercó de nuevo sus labios a los míos, pero el olor de su saliva me molestó. Ni siquiera sé si realmente era desagradable; me pareció solo distinto del de Mario. Intentó meterme la lengua en la boca, abrí un poco los labios y le rocé la lengua con la mía. Era un poco áspera, viva, la sentí animal, una lengua enorme que alguna vez había visto con disgusto en las carnicerías, nada que fuera seductoramente humano. ¿Tendría Carla mi sabor, mi olor? ¿O el mío habría sido siempre repelente para Mario, como ahora me lo parecía el de Carrano, y solo en ella había encontrado después de muchos años la esencia que se adaptaba a la suya?

Hundí la lengua en la boca de aquel hombre con evidente avidez un largo rato, como si persiguiera alguna cosa hasta el final de su garganta y quisiera engancharla antes de que se escabullera hacia el esófago. Le pasé los brazos por detrás de la nuca, lo empujé con mi cuerpo a la esquina del sofá y le di un largo beso, con los ojos muy abiertos para fijar la vista en los objetos, de manera que pudiese definirlos y asirme a ellos, pues, si cerraba los ojos, temía ver la boca desvergonzada de Carla. Ese descaro lo había tenido siempre, desde los quince años, y quién sabe cuánto le gustaba a Mario, cómo había soñado con esa boca mientras dormía a mi lado, hasta despertarse y besarme como si estuviese besándola a ella y apartarse luego y volverse a dormir en cuanto reconocía mi boca, la boca de siempre, la boca sin nuevos sabores, la boca del tiempo pasado.

Carrano reconoció en mi beso la señal de que el juego había terminado. Me sujetó la nuca con la mano y me apretó aún más contra sus labios. Luego dejó mi boca y fue dándome besos húmedos en las mejillas, en los ojos. Pensé que estaba siguiendo un esquema exploratorio preciso. Me besó incluso en las orejas, el sonido de los besos me atronó los tímpanos fastidiosamente. Luego pasó al cuello, me mojó con la lengua el inicio del cabello en la nuca, y al mismo tiempo me palpó el pecho con su gran mano.

—Tengo los pechos pequeños —dije en un suspiro, pero al momento me odié porque la frase sonaba como si pidiese perdón: perdona que no te ofrezca tetas grandes, espero que disfrutes a pesar de todo. ¡Qué idiota era! ¡Si las tetas minúsculas le gustaban, bien; si no, peor para él! ¡Era todo gratis, había tenido buena suerte el muy capullo, el mejor regalo de cumpleaños al que podía aspirar a su edad!

—Me gustan —dijo en un susurro mientras me desabrochaba la camisa. Me bajó el borde del sujetador e intentó mordisquearme y chuparme los pezones. Pero también tenía los pezones pequeños, y los pechos se le escapaban y entraban de nuevo en el sostén.

—Espera —dije. Lo aparté, me levanté, me quité la camiseta y me desabroché el sujetador. Pregunté estúpidamente—: ¿Te gustan?

—Era la angustia, que iba en aumento. Quería que me repitiese su aprobación.

Observándome, suspiró.

—Eres hermosa.

Respiró hondo, como si quisiera controlar una fuerte emoción o una nostalgia, y me empujó muy suavemente con la punta de los dedos para que me dejase caer en el sofá con el pecho desnudo y poder así contemplarme mejor.

Al echarme hacia atrás lo vi desde abajo. Noté en los pliegues de su cuello que estaba empezando a envejecer, la barba, que esperaba un nuevo afeitado y entretanto brillaba blanca, y las profundas arrugas entre las cejas. Tal vez lo decía en serio y estaba encantado de verdad con mi belleza, tal vez no eran solo palabras para adornar los deseos del sexo. Quizá seguía siendo bella, aunque mi marido hubiese hecho una bola con la sensación de mi belleza y la hubiese tirado al cubo de la basura como si fuese el papel que ha envuelto un regalo. Sí, todavía podía excitar a un hombre, era una mujer excitante. La fuga de Mario a otra cama, a otra carne, no me había estropeado.

Carrano se inclinó sobre mí, me lamió los pezones, los succionó. Intenté abandonarme, quería arrancarme del pecho el sinsabor y la desesperación. Cerré los ojos con cautela, sentí la vehemencia de su respiración, los labios sobre la piel. Emití un gemido de ánimo para él y para mí. Quería ser consciente de cualquier placer que surgiera, aunque aquel hombre fuese un extraño, quizá un músico con poco talento y ninguna cualidad, sin ningún poder de seducción, un hombre anodino y por eso solo.

Noté que me besaba las costillas, el vientre, incluso hizo una parada en el ombligo; lo que encontró allí no lo sé, pero me hizo cosquillas al pasarme la lengua por dentro. Luego se incorporó. Cuando abrí los ojos, lo vi desenfrenado, con la mirada brillante. Me pareció distinguir en su cara una expresión de niño que se siente culpable.

—Dime otra vez que te gusto —insistí con el aliento entrecortado.

—Sí —contestó, pero ya no parecía tan entusiasmado. Me puso las manos en las rodillas, me abrió las piernas, deslizó los dedos bajo la falda y me acarició el interior de las nalgas suavemente, como si enviase una sonda al fondo oscuro de un pozo.

Parecía no tener prisa; en cambio, yo habría preferido que todo fuese más rápido. De pronto me encontré pensando en la posibilidad de que los niños se despertasen, o incluso de que Mario, después de nuestro encuentro escandaloso, estuviese asustado, arrepentido, y hubiese decidido volver a casa justo aquella noche. Me pareció incluso oír los ladridos festivos de Otto, y estuve a punto de decir «El perro está ladrando», pero me pareció fuera de lugar. Carrano me había levantado un poco la falda y me acariciaba la entrepierna de las bragas con la palma de la mano; luego pasó los dedos sobre la tela haciendo presión y empujándola profundamente en el foso del sexo.

Gemí de nuevo, quería ayudarlo a quitarme las bragas, pero me detuvo.

—No, espera.

Echó a un lado la tela, me acarició el sexo desnudo con los dedos, entró con el índice y repitió:

—Sí, eres muy hermosa.

Hermosa por dentro y por fuera, fantasías de hombres. Quizá Mario hacía lo mismo, conmigo nunca se había entretenido de aquel modo. Pero quizá ahora, en medio de la larga noche, en otro lugar, él también separaba las piernas delgadas de Carla, dejaba caer la vista en el coño medio cubierto por las bragas, se demoraba, con el corazón latiéndole con fuerza, por la obscenidad de la postura y la hacía más obscena con los dedos. O, quién sabe, tal vez la obscena era solo yo, abandonada a aquel hombre que me tocaba en lugares secretos, que se mojaba los dedos dentro de mí sin prisas, con la curiosidad desganada de quien no tiene amor. Carla, sin embargo —eso creía Mario, yo estaba segura de que lo creía—, era una joven enamorada que se entrega a su amante. Ni un gesto, ni un suspiro era vulgar o sórdido, ni las palabras más groseras podían ensuciar el auténtico sentido de su acto de amor. Podía decir coño y polla y ojo del culo, y no quedaban marcados. En cambio, quedaba marcada, desfigurada, solo mi imagen sobre el sofá, lo que era en aquel momento, descompuesta, con los gruesos dedos de Carrano removiendo en mi interior un fondo turbio de placer.

Me volvieron las ganas de llorar. Apreté los dientes. No sabía qué hacer, no quería romper a llorar de nuevo. Reaccioné agitando la pelvis, sacudiendo la cabeza, gimiendo, murmurando:

—¿Me deseas? ¿De verdad me deseas? Dímelo…

Carrano asintió con la cabeza, me levantó de un lado y me quitó las bragas. Tengo que irme, pensé. Lo que quería saber ya lo sé. Todavía gusto a los hombres. Mario se lo ha llevado todo, pero no a mí, no a mi persona, no a mi bella máscara atractiva. Ya basta con el culo. Me muerde las nalgas, me lame.

—El culo no —dije mientras le retiraba los dedos. Él volvió a acariciarme el ano, yo lo aparté de nuevo. Basta. Me separé de él y alargué la mano hacia su albornoz.

—Ya es suficiente —exclamé—. ¿Tienes un preservativo?

Carrano hizo un gesto afirmativo, pero no se movió. Apartó las manos de mi cuerpo mostrando un imprevisto abatimiento, apoyó la cabeza en el respaldo del sofá y alzó la vista hacia el techo.

—No siento nada —murmuró.

—¿Qué es lo que no sientes?

—No llego a la erección.

—¿Nunca?

—No, ahora.

—¿Desde que hemos empezado?

—Sí.

Sentí que la cara me ardía de vergüenza. Me había besado, abrazado, tocado, pero no se le había levantado. Yo no había sabido hacer que le hirviera la sangre. El muy cabrón me había excitado sin excitarse él.

Le abrí el albornoz, ya no podía irme. Entre el cuarto y el quinto piso ya no había escaleras; si me hubiese ido habría caído en un abismo.

Le miré el sexo pálido, pequeño, perdido en la mata negra del vello, entre los testículos pesados.

—No te preocupes —dije—, estás nervioso.

Me levanté de un salto, me quité la falda, que todavía llevaba puesta, y me quedé desnuda, pero él ni se dio cuenta. Siguió mirando el techo.

—Ahora recuéstate —le ordené con falsa calma—, relájate.

Lo empujé sobre el sofá, de espaldas, en la misma posición en que había estado yo un momento antes.

—¿Dónde están los preservativos?

Sonrió melancólicamente.

—Ahora mismo es inútil. —Y sin embargo me señaló un mueble con gesto de desaliento.

Me acerqué al mueble y abrí un cajón tras otro hasta dar con ellos.

—Pero ¿te gustaba...? —volví a insistir.

Se tocó suavemente la frente con el dorso de la mano.

—Sí, en la cabeza.

Reí con rabia y dije:

—Tengo que gustarte en todas partes. —Y me senté sobre su tórax, dándole la espalda.

Empecé a acariciarle el vientre bajando poco a poco por la tira negra de pelo que llega hasta la tupida mata que rodea el sexo. Carla se estaba follando a mi marido y yo no conseguía follarme a aquel hombre solitario, sin oportunidades, un músico deprimido para el que debía ser la feliz sorpresa del día en que cumplía cincuenta y tres años. Ella manejaba la polla de Mario como si le perteneciera, se la metía en el coño, y en el culo, donde a mí nunca me la había metido, y yo lo único que conseguía era que se enfriara aquella carne gris. Le cogí el pene, le bajé la piel para ver si tenía alguna herida y me lo metí en la boca. Después de un momento Carrano empezó a emitir unos gemidos que me parecieron pequeños rebuznos. Luego su carne se hinchó contra mi paladar, esto es lo que quería, el muy imbécil, esto es lo que esperaba. La polla le asomaba por fin con fuerza del vientre, una polla para follarme, hasta provocarme un dolor de barriga de varios días, como Mario no me había follado nunca. Mi marido, con las mujeres de verdad, no sabía hacérselo, solo se atrevía con las putitas de veinte años sin inteligencia, sin experiencia, sin palabras cachondas.

Carrano estaba excitadísimo, me decía que esperase: espera, espera. Retrocedí hasta ponerle mi sexo en la boca, le dejé el pene y me volví con la mirada más despectiva que supe poner. «Bésamelo», dije, y él me besó, literalmente, con devoción. Sentí el chasquido del beso en el coño. ¡Será capullo, el viejo! El lenguaje metafórico que usaba con Mario evidentemente no era el suyo. Me interpretaba mal, no entendía lo que realmente le estaba ordenando. Quién sabe si Carla sabía descifrar las sugerencias de mi marido. Rompí con los dientes la funda del preservativo y le encapuché la polla.

—¡Venga, arriba! —le dije—. Te gustaba el ojo del culo… Desvírgame, con mi marido no lo hice nunca, se lo quiero contar luego con todo detalle, métemela en el culo.

El músico se me escurrió por debajo con esfuerzo, yo permanecí a gatas. Reía para mis adentros. No podía contenerme pensando en la cara que pondría Mario cuando se lo dijera. Dejé de reír cuando sentí que Carrano empujaba con fuerza contra mí. De repente tuve miedo y aguanté la respiración. Posición animal, líquidos animales y una perversidad completamente humana. Me volví para mirarlo, quizá para suplicarle que no me obedeciera, que lo dejara pasar. Nuestras miradas se cruzaron. No sé lo que vio él, yo vi a un hombre que ya no era joven con el albornoz blanco abierto, la cara brillante por el sudor, los labios apretados por la concentración. Le susurré algo, no sé qué. Él separó los labios, abrió la boca y cerró los ojos. Luego se desinfló a mi espalda. Al ponerme de lado vi la mancha blanquecina del semen que se extendía por las paredes del preservativo.

—¡Qué le vamos a hacer! —dije con una explosión seca de risa en la garganta. Le quité el condón del pene ya flojo y lo arrojé al suelo, que quedó manchado con una raya viscosa y amarillenta—. Has fallado el tiro.

Me vestí y caminé hasta la puerta. Él me siguió, cerrándose el albornoz. Estaba enfadada conmigo misma. Antes de irme murmuré:

—Es culpa mía, perdona.

—No, soy yo el que...

Negué la cabeza y le ofrecí una sonrisa forzada, falsamente conciliadora.

—¡Ponerte el culo en la cara de ese modo! La amante de Mario seguro que no lo hace.

Subí la escalera despacio. En un rincón, junto al pasamanos, vi encogida a «la pobrecilla» de tantos años atrás, que me dijo con voz apagada, muy seria: «Yo soy limpia, yo soy pura, pongo las cartas boca arriba».

Delante de la puerta blindada me equivoqué muchas veces en el orden de las llaves. Casi no conseguí abrir. Cuando por fin entré, tardé también un rato en echar la llave. Otto corrió hasta mí haciendo fiestas. Lo ignoré y fui a darme una ducha. Me merecía todo lo que me había pasado, incluidas las duras palabras con que me insulté interiormente, en tensión bajo el chorro de agua. Solo pude calmarme diciendo en voz alta: «Amo a mi marido, por eso todo esto tiene sentido». Miré la hora, eran las dos y diez. Me metí en la cama y apagué la luz. Me quedé dormida al momento, de golpe, con aquella frase en la cabeza.

18

Cuando volví a abrir los ojos cinco horas después, a las siete de la mañana del sábado 4 de agosto, me costó ubicarme. Estaba a punto de comenzar el día más duro de aquella historia mía de abandono, pero aún no lo sabía.

Alargué la mano hacia Mario, segura de que estaba durmiendo a mi lado, pero a mi lado no había nada, ni siquiera la almohada, que tampoco estaba debajo de mi cabeza. Me pareció que la cama era más ancha y más corta. Quizá me he vuelto más larga, me dije, o más delgada.

Me sentía entorpecida como por una molestia circulatoria, tenía los dedos hinchados. Advertí que no me había quitado los anillos antes de dormirme, no los había puesto en la mesita con el gesto habitual. Los sentí en la carne del anular, un estrangulamiento que me pareció el origen del malestar de todo mi cuerpo. Con gestos precavidos intenté sacármelos, humedecí el dedo con saliva, nada. Me pareció notar el sabor del oro en la boca.

Me fijé en una parte extraña del techo. Enfrente tenía una pared blanca, ya no estaba el gran armario empotrado que veía allí todas las mañanas. Sentí que los pies asomaban al vacío, que la cabecera no estaba junto a mi cabeza. Mis sentidos estaban embotados. Entre los oídos y el mundo, entre los párpados y las sábanas parecía que había algodón, fieltro, terciopelo.

Intenté reunir fuerzas y me impulsé prudentemente con los codos para incorporarme sin destrozar la cama y la habitación con aquel movimiento, o destrozarme yo, como una etiqueta arrancada de una botella. Con esfuerzo comprendí que debía de haberme agitado en sueños, que había abandonado mi posición habitual, que con el cuerpo ausente me había restregado y revuelto en las sábanas empapadas de sudor.

No me había ocurrido nunca. Normalmente dormía encogida en mi lado de la cama sin cambiar de posición. Pero no había otra explicación, tenía las dos almohadas a mi derecha y el armario a la izquierda. Agotada, me dejé caer de nuevo sobre las sábanas.

En ese preciso instante llamaron a la puerta. Era Ilaria, que entró con el vestidito arrugado y cara de sueño.

—Gianni ha vomitado en mi cama —dijo.

La miré de reojo, con indolencia, sin levantar la cabeza. Me la imaginé de vieja, con los rasgos deformados, cercana a la muerte o ya muerta, y sin embargo un pedazo de mí, la aparición de la niña que yo había sido, que habría sido. ¿A qué viene ese «habría sido»? Me vinieron a la mente imágenes rápidas y pálidas, frases completas, pero pronunciadas deprisa y en voz muy baja. Me di cuenta de que no me salían correctamente los tiempos verbales por culpa de aquel despertar desordenado. El tiempo es un suspiro, pensé, hoy me toca a mí y dentro de poco a mi hija. Le había ocurrido a mi madre, a todas mis antepasadas, quizá todavía les estuviera ocurriendo a ellas, y a mí al mismo tiempo, y seguiría ocurriendo.

Me obligué a levantarme, pero la orden quedó como en suspenso: el «levántate» no pasó de una intención que flotaba en mis oídos. Ser niña, luego muchacha, esperaba a un hombre, ahora había perdido el marido, seré infeliz hasta el momento de la muerte, esta noche le he chupado la polla a Carrano por desesperación, para borrar la ofensa del coño, cuánto orgullo perdido.

—Voy —dije sin moverme.

—¿Por qué has dormido en esa posición?

—No lo sé.

—Gianni lo ha soltado todo en mi almohada.

—¿Qué le duele?

—Me ha ensuciado la cama y también la almohada. Tienes que darle un bofetón.

Salí de la cama con un gran esfuerzo de voluntad. Soportaba un peso que no podía soportar. No podía creer que fuese yo misma la que me pesaba de aquel modo. Pesaba más que el plomo, y no tenía ganas de soportarme durante todo el día. Bostecé, giré la cabeza primero a la derecha y luego a la izquierda. Volví a intentar quitarme los anillos, pero sin resultado.

—Si no lo castigas, te daré un pellizco —me amenazó Ilaria.

Fui hasta el cuarto de los niños con movimientos estudiados y lentos, precedida por mi hija, cada vez más impaciente. Otto ladró y lloriqueó, lo escuché raspar la puerta que separaba los dormitorios del salón. Gianni estaba en la cama de Ilaria vestido tal como lo había visto la tarde anterior, pero sudado, pálido, con los ojos cerrados, aunque evidentemente despierto. La colcha estaba manchada y el rastro amarillento se extendía hasta el suelo.

No le dije nada al niño, no encontré la necesidad ni la fuerza. Fui al baño, escupí en el lavabo y me enjuagué la boca. Luego cogí un trapo, despacio, pensándome bien el gesto, pero aun así el movimiento fue demasiado rápido. Tuve la impresión de que, contra mi voluntad, retorcía los ojos, los empujaba hacia los lados de forma descoordinada, una especie de torsión obligada de la mirada que amenazaba con poner en movimiento las paredes, el espejo, los muebles, todo.

Solté un suspiro largo, fijando las pupilas sobre el trapo para calmar mi pánico. Volví al cuarto de los niños y me agaché para limpiar. El olor ácido del vómito me recordó la época en que les daba de mamar, la época de las papillas, de las regurgitaciones inesperadas. Mientras eliminaba del suelo con movimientos lentos las señales de la indisposición de mi hijo, pensé en la mujer de Nápoles con sus hijos fastidiosos, silenciados a base de caramelos. A partir de un momento determinado, la mujer abandonada empezó a tomarla con ellos. Decía que la habían dejado impregnada de olor a madre, y que eso la había echado a perder; por su culpa el marido se había ido. «Primero te hinchan la tripa, sí, primero te engordan los pechos, y luego no te soportan.» Recordaba frases de ese tipo. Mi madre las repetía en voz baja para que yo no la oyera, en tono grave, asintiendo. Pero yo la oía de todas formas, incluso ahora, con una especie de doble oído. Yo era la niña de entonces que jugaba debajo de la mesa y robaba lentejuelas que me metía en la boca para chuparlas, y era la adulta de aquella mañana junto a la cama de Ilaria, mecánicamente ocupada en una tarea miserable y no obstante sensible al sonido del trapo pegajoso que restregaba contra el suelo. ¿Cómo se había portado Mario? Tierno, me parecía, sin auténticos signos de impaciencia o fastidio por mis embarazos. Es más, cuando estaba embarazada quería que hiciésemos el amor mucho más a menudo, y yo misma lo hacía con más ganas. Mientras limpiaba el suelo contaba mentalmente los años sin emoción. Ilaria tenía un año y medio cuando Carla apareció en nuestras vidas, y Gianni, poco menos de cinco. Yo no tenía trabajo, ningún trabajo, ni siquiera la escritura, desde hacía por lo menos cinco años. Vivía en una ciudad nueva, todavía una ciudad nueva, en la que no tenía parientes a los que pedir ayuda, y aunque los hubiese tenido no se la habría pedido. No era una persona que pedía ayuda. Hacía la compra, cocinaba, ordenaba, arrastraba conmigo a los dos niños de calle en calle, de habitación en habitación, extenuada, exasperada. Me encargaba de obligaciones de todo tipo, me ocupaba de la declaración de la renta, iba a los bancos, iba a correos. Por las noches escribía en mis cuadernos las entradas y salidas, hasta el último detalle de lo que gastaba, como si fuese un contable que debía dar cuentas al dueño de la empresa. También anotaba a trechos, entre las cifras, cómo me sentía: como una bola de comida que después mis hijos masticaban; un grumo de materia viva que amalgamaba y reblandecía continuamente su sustancia para permitir que dos sanguijuelas voraces se alimentasen, dejándole encima el olor y el sabor de sus jugos gástricos. Amamantar, qué desagradable, una función animal. Y además, el hálito tibio y dulzón de las papillas. Por más que me lavase, aquel olor a madre no se iba. A veces Mario se me echaba encima, me tomaba, apretándome, cansado también él por el trabajo, sin emociones. Lo hacía ensañándose con mi carne casi ausente que sabía a leche, a galletas y a sémola, con una desesperación personal que rozaba la mía sin darse cuenta. Mi cuerpo era el de un incesto, pensaba mareada por el olor del vómito de Gianni, era la madre violada, no una amante. Él buscaba ahora en otro lugar formas que se adaptasen mejor al amor, huía de los sentimientos de culpa y se entristecía, suspiraba. Carla entró en casa en el momento justo, como un engaño del deseo insatisfecho. Entonces tenía trece años más que Ilaria, diez más que Gianni, siete más que yo cuando escuchaba a mi madre hablando de la pobre mujer de la plaza Mazzini. Seguramente Mario la confundió con el futuro, y sin embargo deseaba el pasado, el tiempo de muchacha que ya le había regalado yo y por el que ahora él sentía nostalgia. Tal vez ella misma creyese que le daba futuro y lo animó a creerlo. Pero todos estábamos equivocados, yo la primera. Esperaba, mientras cuidaba a los niños y a Mario, un tiempo que no llegaba nunca, el tiempo en que comenzaría a ser otra vez como había sido antes de los embarazos, joven, delgada, enérgica, descaradamente convencida de poder hacer de mí quién sabe qué persona memorable. No, pensé sujetando el trapo y levantándome con esfuerzo: el futuro, a partir de cierto punto, es solo una necesidad de vivir en el pasado. Debo rehacer inmediatamente los tiempos verbales.

19

—Qué asco —dijo Ilaria, y se echó atrás con repugnancia exagerada cuando pasé con el trapo para enjuagarlo en el baño. Me dije que si me hubiese ocupado enseguida de las tareas domésticas habituales, todo habría ido mucho mejor. Hacer la comida. Separar la ropa blanca de la de color. Poner la lavadora. Solo tenía que calmar la mirada interior, los pensamientos. Se confundían, se agolpaban. Jirones de palabras y de imágenes zumbaban y se agitaban como un grupo de avispas, dando a mis gestos una terrible capacidad de hacer daño. Aclaré el trapo con cuidado, luego pasé el jabón alrededor de los anillos, la alianza y un aguamarina que había sido de mi madre. Poco a poco conseguí sacármelos, pero no sirvió de nada; mi cuerpo siguió hinchado y los nudos de las venas no se deshicieron. Dejé los anillos con gesto mecánico en el borde del lavabo.

Cuando regresé al cuarto de los niños, me incliné distraídamente sobre Gianni para tocarle la frente con los labios. Él emitió un gemido y dijo:

—Me duele mucho la cabeza.

—Levántate —le ordené sin mostrar compasión; él me miró fijamente, asombrado por la escasa atención que prestaba a su dolor, y se levantó con esfuerzo.

Deshice la cama con falsa calma, la rehíce y puse las sábanas y la funda de la almohada en el cesto de la ropa sucia. Solo entonces caí en la cuenta de decirle:

—Acuéstate en tu cama, que te traigo el termómetro.

—Tienes que darle una bofetada —insistió Ilaria.

Me puse a buscar el termómetro sin satisfacer su demanda, y ella me castigó a traición con un pellizco observándome para ver si sufría. No reaccioné. ¡Qué me importaba, no sentía nada! Entonces continuó, con la cara roja por el esfuerzo y la concentración. Cuando encontré el termómetro, la aparté con un leve gesto del codo. Y volví junto a Gianni. Le puse el termómetro en la axila.

—Aprieta —dije, y le indiqué el reloj de la pared—. Tienes que quitártelo dentro de diez minutos.

—Se lo has puesto al revés —dijo Ilaria con aire provocador.

No le hice caso, pero Gianni lo comprobó y con una mirada de reproche me mostró que le había puesto en la axila el extremo sin mercurio. Atención. Solo la atención puede ayudarme. Se lo coloqué correctamente e Ilaria, satisfecha, dijo:

—Me he dado cuenta yo.

Hice un gesto afirmativo. Sí, está bien, me he equivocado. Porque tengo que hacer mil cosas a la vez, pensé. Hace casi diez años que me obligáis a vivir así, y además todavía no estoy despierta del todo, no me he tomado el café, ni siquiera he desayunado.

Quería preparar la cafetera y ponerla al fuego, quería calentar la leche para Ilaria, quería ocuparme de la lavadora. Pero de pronto volví a escuchar los ladridos de Otto, que no había dejado de ladrar y de rascar la puerta. Me lo había sacado de los tímpanos para poder concentrarme en el estado de mi hijo, pero ahora el perro parecía producir, en vez de sonidos, descargas eléctricas.

—Ya voy —grité.

Caí en la cuenta de que la noche anterior no lo había sacado. Me había olvidado de él, y el pobre perro debía de haber aullado toda la noche. Se estaba volviendo loco, tenía que hacer sus necesidades. Y yo también. Me sentía un saco de carne viva atestado de desechos, tenía dolor de vejiga, de barriga. Lo pensé sin el menor rastro de autoconmiseración, como una fría evidencia. Los sonidos caóticos de mi cabeza daban golpes decididos al saco que yo era: ha vomitado, me duele la cabeza, dónde está el termómetro, guau guau guau. Reaccioné.

—Voy a sacar al perro —me dije en voz alta.

Le puse a Otto la correa, giré la llave y la saqué de la cerradura con cierta dificultad. Cuando ya estaba en la escalera me di cuenta de que iba en camisón y zapatillas; lo advertí justo al pasar por la puerta de Carrano. Me dio un amago de risa incómoda: seguramente estaba durmiendo para recuperarse de la noche de excesos. ¡Qué me importaba! Me había visto con mi ropa verdadera, un cuerpo de casi cuarenta años. ¡Teníamos una gran intimidad! En cuanto a los demás vecinos, la mayoría llevaba tiempo fuera, de vacaciones, y los demás se habrían ido el viernes a mediodía a pasar el fin de semana en el campo o en la playa. También nosotros tres llevaríamos ya un mes en algún pueblecito de la costa como todos los años si Mario no se hubiese largado, el muy putero. El edificio estaba vacío, agosto es así. Me dieron ganas de hacer burla delante de todas las puertas, de sacarles la lengua, ¡a la mierda con ellos! Familias felices, profesionales liberales con buenos sueldos, con comodidades conseguidas gracias a la venta a precios elevados de prestaciones que deberían ser gratuitas. Como Mario, que hacía que viviésemos bien vendiendo ideas, vendiendo su inteligencia, sus tonos de voz persuasivos cuando daba clases.

—No quiero quedarme aquí con esta peste a vómito —me gritó Ilaria desde el rellano.

Como no contesté, volvió a entrar en casa y dio un portazo furioso. Pero ¡por Dios santo, si uno me tira de un lado no pueden tirarme también del otro, no tengo el don de la ubicuidad! De hecho, Otto me estaba arrastrando a toda velocidad escaleras abajo mientras yo intentaba frenarlo. No quería correr; si corría me rompía. Los escalones que dejaba atrás se deshacían justo después, incluso en la memoria; el pasamanos y la pared amarilla corrían a mi lado con fluidez, en cascada. Solo veía los tramos con sus escalones limpios. A mi espalda, sentía una estela gaseosa, era un cometa. ¡Qué día más feo, demasiado calor ya a las siete de la mañana, ni un solo coche aparcado entre el de Carrano y el mío! Quizá estaba demasiado cansada para mantener el mundo dentro de su orden habitual. No debería haber salido. Además, ¿qué había hecho? ¿Había puesto la cafetera al fuego? ¿La había llenado de café, le había puesto el agua? ¿La había apretado bien para que no explotase? ¿Y la leche de la niña? ¿Eran acciones que había realizado o solo me había propuesto realizarlas? Abrir el frigorífico, sacar el cartón de la leche, cerrar el frigorífico, llenar el cazo, no dejar el cartón en la mesa, meterlo de nuevo en el frigorífico, encender el gas, poner el cazo al fuego. ¿Había realizado correctamente todas aquellas operaciones?

Otto tiró de mí por el paseo, bajo el túnel atiborrado de pintadas obscenas. El parque estaba desierto, el río parecía de plástico azul y las colinas de la otra orilla eran de un verde pálido. No había ruido de tráfico, solo se oía el canto de los pájaros. Si había dejado el café en el fuego, o la leche, se estaría quemando todo. La leche, al hervir, se saldría del cazo, apagaría la llama y el gas se extendería por la casa. Otra vez la obsesión por el gas. No había abierto las ventanas. ¿O lo había hecho de forma mecánica, sin pensarlo? Hay gestos habituales que se efectúan en la cabeza aun cuando no los efectúas. O los efectúas en realidad aunque tu mente haya olvidado hacerlo. Pensaba en las probabilidades sin mucho interés. Habría sido mejor que me hubiese encerrado en el baño. Sentía la barriga tensa y unos pinchazos acuciantes. El sol dibujaba con detalle las hojas de los árboles, incluso las agujas de los pinos, un trabajo maniático de la luz, podía contarlas de una en una. No, no había puesto ni el café ni la leche al fuego. Ahora estaba segura. Tenía que conservar esa certeza. Tranquilo, Otto.

Empujado por sus necesidades, el perro me obligó a correr tras él con el vientre agobiado por las mías. La correa me estaba escoriando la palma de la mano, así que le di un tirón brutal y me agaché para soltarlo. Echó a correr como un loco, una masa oscura cargada de urgencias. Regó árboles, cagó en la hierba, persiguió mariposas, se perdió en el bosquecillo de pinos.

En algún momento, no sé cuándo, yo había perdido aquella carga tozuda de energía animal. Tal vez fue en la adolescencia. Ahora me estaba asilvestrando de nuevo. Me miré las pantorrillas, las axilas. ¿Desde cuándo no me hacía la cera, desde cuando no me depilaba? ¡Yo, que hasta hacía cuatro meses era pura ambrosía y néctar! Desde el momento en que me había enamorado de Mario, había empezado a temer que le dejase de gustar. Lavar el cuerpo, desodorarlo, borrar todas las señales desagradables de la fisiología. Levitar. Quería despegarme del suelo, quería que me viese flotando en el aire como ocurre con las cosas íntegramente buenas. No salía del baño si no había desaparecido el mal olor, abría los grifos para evitar que oyese el chorro de la orina. Me frotaba, me restregaba, me lavaba el pelo cada dos días. Pensaba en la belleza como en un esfuerzo constante de eliminación de la corporalidad. Quería que amase mi cuerpo, pero olvidándose de lo que se sabe de los cuerpos. La belleza, pensaba angustiada, es ese olvido. O quizá no. Era yo la que creía que su amor necesitaba aquella obsesión mía. Estaba fuera de lugar, atrasada por culpa de mi madre, que me había educado en los cuidados obsesivos de la feminidad. Una vez me había sentido no sé si disgustada o asombrada, o incluso divertida, cuando la chica que había sido durante mucho tiempo mi compañera de habitación mientras trabajaba para una compañía aérea, una joven de veinticinco años como mucho, se había tirado un pedo sin pudor una mañana, y hasta me había mirado con ojos alegres y una media sonrisa de complicidad. Resultaba que las jóvenes eructaban en público, se tiraban pedos; lo hacía también una compañera del colegio, de diecisiete años, tres menos que Carla. Quería ser bailarina y se pasaba las horas haciendo poses de escuela de danza. Era buena. A veces hacía ligeras piruetas por la clase sorteando los bancos con precisión. Luego, para escandalizarnos, o para ensuciar la imagen de elegancia que había quedado en los ojos alelados de los chicos, hacía ruidos con el cuerpo según le venía en gana, con la garganta, con el culo. Bestialidad femenina, la sentía dentro de mí desde que había despertado, en la carne. De improviso experimenté la angustia de licuarme, el agobio del vientre. Tuve que sentarme en un banco y aguantar la respiración. Otto había desaparecido, a lo mejor ya no volvía. Silbé mal. Debía de estar entre los árboles sin nombre. Me parecían una acuarela más que una realidad. Los tenía a un lado, a la espalda. ¿Chopos? ¿Cedros? ¿Acacias? ¿Robinias? Nombres al azar, ¡qué sabía yo! Lo ignoraba todo, incluso el nombre de los árboles de al lado de mi casa. Si hubiese tenido que escribirlos no habría sido capaz. Veía los troncos como bajo una gran lente de aumento. No había espacio entre ellos y yo, pero la regla dice que, para narrar, antes de nada hay que coger un metro, un calendario, y calcular cuánto tiempo ha pasado, cuanto espacio se ha interpuesto entre nosotros y los hechos, las emociones que queremos describir. Yo en cambio lo sentía siempre encima de mí, pegado a las narices. También en aquella ocasión me pareció por un instante que no llevaba un camisón corto, sino un largo manto sobre el que estaba pintada la vegetación del parque Valentino, los paseos, el puente Principessa Isabella, el río, el bloque donde vivía, hasta el perro. Por eso estaba tan hinchada y tan pesada. Me levanté gimiendo de agobio y dolor de barriga, tenía la vejiga llena, no aguantaba más. Caminé en zigzag, apretando en la mano las llaves de casa, golpeando la tierra con la correa. No, no sabía nada de árboles. ¿Un chopo? ¿Un cedro del Líbano? ¿Un pino carrasco? ¿Cuál es la diferencia entre una acacia y una robinia? Los engaños de las palabras, todo un embrollo. Tal vez en la tierra prometida ya no haya palabras para adornar los hechos. Con una sonrisa de mofa —me despreciaba a mí misma— levanté el camisón, me agaché, meé y cagué detrás de un tronco. Estaba cansada, cansada, cansada.

Lo dije con fuerza, pero las voces mueren enseguida; parece que viven en el fondo de la garganta, y sin embargo, al articularlas, son ya sonidos extintos. Oí la voz de Ilaria, que me llamaba desde muy lejos. Sus palabras me llegaron débilmente.

—Mamá, vuelve, mamá.

Eran las palabras de una personita alterada. No la veía, pero imaginé que las habría pronunciado con las manos aferradas a la barandilla del balcón. Sabía que la larga plataforma que se extendía sobre el vacío le daba miedo. Debía de necesitarme de verdad si se había atrevido a salir. Quizá la leche se estaba quemando realmente en el fuego, quizá había explotado la cafetera, quizá el gas estaba extendiéndose por la casa. Pero ¿por qué tenía que acudir? Descubrí con pesar que la niña me necesitaba pero yo no sentía ninguna necesidad de ella. Mario tampoco, por otra parte. Por eso se había ido a vivir con Carla, no tenía necesidad ni de Ilaria ni de Gianni. El deseo es de discurso breve. Su deseo ha sido alejarse de nosotros patinando sobre una superficie infinita; el mío, ahora, es llegar al fondo, abandonarme, hundirme sorda y muda en mis propias venas, en mi intestino, en mi vejiga. Advertí que me cubría un sudor frío, una pátina helada, aunque la mañana era calurosa. ¿Qué me estaba pasando? No iba a poder encontrar el camino a casa.

Pero en ese momento algo me rozó el tobillo, dejándomelo húmedo. Otto estaba a mi lado con las orejas tiesas, la lengua colgando, la mirada de lobo bueno. Me levanté, intenté varias veces enganchar la correa al collar sin conseguirlo, aunque él estaba quieto, jadeando apenas, mirándome de forma extraña, tal vez triste. Al final, con un esfuerzo de concentración, lo logré. Vamos, vamos, le dije. Creía que si me mantenía pegada a él, con la correa bien sujeta, sentiría el aire caliente en la cara, la piel seca, la tierra bajo los pies.

20

Llegué al ascensor, después de recorrer el camino entre el bosque-cillo de pinos y el portal del edificio como si lo hubiese hecho a lo largo de un alambre. Me apoyé en la pared de metal mientras ascendía con lentitud. Miré a Otto para darle las gracias. Estaba con las patas ligeramente abiertas, jadeaba y un hilo finísimo de baba le colgaba del hocico dibujando un garabato en el suelo. El ascensor se detuvo dando un brinco.

Ilaria estaba en el rellano. Me pareció muy enfadada, como si fuese mi madre que regresaba del reino de los muertos para recordarme mis deberes.

—Ha vomitado otra vez.

Me precedió por la casa y Otto la siguió en cuanto lo liberé de la correa. No olía a leche quemada ni a café. Tardé un rato en cerrar la puerta. Introduje mecánicamente la llave en la cerradura y di dos vueltas. La mano se me había acostumbrado a aquel movimiento que debía impedir que entrase cualquiera en mi casa para hurgar en mis cosas. Tenía que protegerme de quien hacía todo lo posible para cargarme de obligaciones, de faltas, de quien me impedía volver a vivir. Me cruzó por la mente la sospecha de que también mis hijos querían convencerme de que sus carnes se marchitaban por mi culpa, solo con respirar el mismo aire que yo. Para eso servía la indisposición de

Gianni: mientras él montaba el número, Ilaria me lo restregaba por las narices. Otra vez el vómito, sí, ¿y qué? No era la primera vez ni sería la última. Gianni era débil de estómago, como su padre. Los dos se mareaban en el mar, en el coche. Bastaba un trago de agua fría o un trozo de pastel demasiado pesado para que se sintiesen mal. ¡Qué habría comido a escondidas para complicarme la vida, para hacerme más duro el día!

Encontré el dormitorio revuelto de nuevo. Ahora las sábanas sucias estaban en un rincón, como una nube, y Gianni había vuelto a meterse en la cama de Ilaria. La niña me había sustituido. Se había comportado como me comportaba yo de pequeña con mi madre: había intentado hacer lo que me había visto hacer a mí, estaba jugando a sustituirme para deshacerse de mi autoridad, quería ocupar mi lugar. Yo en general era tolerante, mi madre no lo había sido nunca. Cada vez que intentaba hacer lo que ella, me regañaba, decía que lo había hecho mal. Quizá fuera ella en persona la que estaba actuando a través de la niña para abrumarme con la demostración de mi ineptitud. Como si quisiera invitarme a entrar en un juego del que se sentía la reina, me explicó:

—He puesto allí las sábanas sucias y le he dicho que se tumbe en mi cama. No ha vomitado mucho, solo ha hecho así...

Representó unas arcadas y luego escupió varias veces en el suelo.

Me acerqué a Gianni. Estaba sudando y me miraba con hostilidad.

—¿Dónde está el termómetro? —pregunté.

Ilaria lo cogió enseguida de la mesita y me lo tendió fingiendo una información que no tenía. No sabía leer la temperatura.

—Tiene fiebre, pero no quiere ponerse el supositorio.

Observé el termómetro. No podía ver los grados que indicaba la barrita de mercurio. No sé cuánto tiempo estuve con aquel objeto en las manos intentando ansiosamente enfocar la vista en él. Tengo que ocuparme del niño, me decía, tengo que saber cuánta fiebre tiene, pero no conseguía concentrarme. Seguro que me había pasado algo durante la noche. O tal vez había llegado, después de meses de tensión, al borde de algún precipicio y estaba cayendo como en los sueños, lentamente, aunque estuviese aferrando con las manos el termómetro, aunque estuviese apoyando las zapatillas en el suelo, aunque me sintiese firmemente retenida por las miradas impacientes de mis hijos. La culpa era de los tormentos que me había infligido mi marido. Ya basta, tengo que arrancarme el dolor de la memoria, tengo que limarme las garras que me están destrozando el cerebro. Sacar de aquí también las otras sábanas sucias. Meterlas en la lavadora. Ponerla en marcha. Quedarme mirando la puerta, la ropa que gira, el agua y el jabón.

—Tengo treinta y ocho con dos —dijo Gianni de un soplido—, y me duele muchísimo la cabeza.

—Hay que ponerle un supositorio —insistió Ilaria.

—No me lo pondré.

—Entonces te daré una bofetada —lo amenazó la niña.

—Tú no le darás una bofetada a nadie —intervine.

—¿Y por qué tú sí las das?

Yo no daba bofetadas, no lo había hecho nunca, como mucho había amenazado con darlas. Pero tal vez para los niños no hay ninguna diferencia entre lo que se dice y lo que realmente se hace. A mí al menos —ahora me acordaba— de pequeña me ocurría eso, quizá incluso de mayor. Lo que habría podido ocurrirme si hubiese violado una prohibición de mi madre me ocurría de todas formas. Las palabras realizaban de inmediato el futuro y todavía me dolía la herida del castigo cuando ni siquiera me acordaba ya de la falta que había podido o querido cometer. Me vino a la mente una frase habitual de mi madre. «Para, o te corto las manos», decía cuando tocaba sus utensilios de coser. Y aquellas palabras eran para mí auténticas tijeras, largas y de metal pulido, que le salían de la boca, colmillos afilados que se cerraban sobre las muñecas y dejaban muñones recosidos con la aguja y el hilo de los carretes.

—Yo nunca he dado bofetadas —dije.

—No es verdad.

—Como mucho he dicho que las daría. Hay una gran diferencia.

No hay ninguna diferencia, pensé, y me asusté al sentir en mi cabeza aquel pensamiento. Porque si perdía la capacidad de diferenciar, si la perdía definitivamente, si terminaba en un aluvión que borrase los límites de la realidad, ¿qué podría ocurrir en aquel día de calor?

—Cuando te digo «bofetada» no te estoy dando una bofetada —le expliqué con toda tranquilidad, como si estuviera frente a un examinador y quisiera quedar bien mostrándome sosegada y racional—, la palabra «bofetada» no es una bofetada.

Y no tanto para convencerlos a ellos como para convencerme a mí misma, me abofeteé con energía. Luego sonreí, en parte porque aquel bofetón me pareció de repente objetivamente cómico, y en parte para dejar claro que mi demostración era alegre, que no contenía amenazas. Fue inútil. Gianni se cubrió la cara con la sábana e Ilaria me miró estupefacta con los ojos súbitamente anegados en lágrimas.

—Te has hecho daño, mamá —dijo apenada—, te está saliendo sangre de la nariz.

En efecto, la sangre me goteó en el camisón, lo que me causó un intenso sentimiento de vergüenza.

Eché la cabeza hacia atrás, fui al baño y me encerré con llave para impedir que la niña me siguiera. Basta, debes concentrarte, Gianni tiene fiebre, haz algo. Me taponé la nariz con una bola de algodón y me puse a rebuscar, alterada, entre los medicamentos que había ordenado la tarde anterior. Buscaba un antipirético, pero al mismo tiempo pensaba: necesito un tranquilizante, me está pasando algo malo, debo calmarme, y simultáneamente sentía que Gianni, el recuerdo de Gianni con fiebre en la otra habitación, se me estaba escapando, no conseguía mantener la llama de la preocupación por su salud, el niño me resultaba indiferente; era como si lo viese solo con el rabillo del ojo, una figura de aire, una nube deshilachada.

Estuve buscando las pastillas para mí, pero no estaban. ¿Dónde las había puesto? En el fregadero, la tarde anterior, me acordé de golpe. Qué estupidez. Entonces pensé en darme un baño caliente para relajarme, y a lo mejor me depilaba luego; los baños tranquilizan, necesito el peso del agua sobre la piel. Me estoy perdiendo, y si no consigo mantenerme en mi sitio, ¿qué les pasará a los niños?

No quería que Carla los tocara. Sentí escalofríos solo de pensarlo. Una chiquilla ocupándose de mis hijos, aún no ha salido del todo de la adolescencia, tiene las manos sucias del esperma de su amante, el mismo esperma que hay en la sangre de los niños. Mantenerlos alejados, a ella y a Mario. Ser autosuficiente, no aceptar nada de ellos. Empecé a llenar la bañera. El ruido de las primeras gotas sobre el fondo, la hipnosis del chorro del grifo.

Poco después ya no escuchaba el rumor del agua. Me estaba perdiendo en el espejo que tenía a un lado. Me veía, me veía con insoportable nitidez, el cabello desgreñado, los ojos sin maquillar, la nariz hinchada por el algodón negro de sangre, la cara entera cruzada por una mueca de concentración, el camisón corto manchado.

Quise remediarlo. Empecé a limpiarme la cara con un disco de algodón. Deseaba volver a ser hermosa, se trataba de una urgencia. La belleza tranquiliza, a los niños les sentaría bien. Gianni obtendría una satisfacción que lo curaría, yo misma me encontraría mejor. Desmaquillador suave para los ojos, crema limpiadora para pieles sensibles, *demake up*, tónico hidratante sin alcohol, maquillaje, colorete, *make up*. ¿Qué es una cara sin color? Dar color es ocultar. No hay nada como el color para esconder la superficie. ¡Fuera, fuera, fuera! De la profundidad ascendía un murmullo de voces, entre ellas la de Mario. Resbalé tras las frases de amor de mi marido, construidas con palabras de años atrás. Pajarillo de vida alegre y feliz, me lisonjeaba, porque era buen lector de los clásicos y tenía una memoria envidiable. Y decía, divertido, que quería ser mi sostén para ceñirme el pecho, y mis bragas y mi falda y el zapato que pisaba mi pie, y el agua que me lavaba y la crema que me ungía y el espejo que me reflejaba, irónico con la buena literatura, un ingeniero burlándose de mi afán por las palabras bonitas y al mismo tiempo encantado por el regalo de tantas imágenes ya listas para dar forma al deseo que experimentaba hacia mí, por mí, la mujer del espejo. Una máscara de polvos compactos, colorete, la nariz hinchada por el algodón, el sabor a sangre en la garganta.

Me volví con un movimiento de repulsión, a tiempo para darme cuenta de que el agua empezaba a desbordarse de la bañera. Cerré el grifo. Metí la mano, agua helada; ni siquiera me había fijado en si salía caliente. Mi cara se escurrió del espejo y dejó de interesarme. La impresión de frío me devolvió a la fiebre de Gianni, a los vómitos, al dolor de cabeza. ¿Qué estaba buscando encerrada en el baño? El antipirético. Empecé de nuevo a hurgar entre los medicamentos. Lo encontré y grité, como pidiendo ayuda:

—¿Ilaria? ¿Gianni?

21

Cuando sentía la necesidad de oír sus voces no me contestaban. Me acerqué a la puerta e intenté abrirla, pero no pude. Recordé que había echado la llave, y la giré hacia la derecha, como para cerrar, en lugar de a la izquierda. Solté un largo suspiro. Recordar el gesto. Giré la llave del modo correcto y salí al pasillo.

Justo delante de la puerta encontré a Otto. Estaba echado sobre un costado, con la lengua apoyada en el suelo. No se movió cuando me vio, ni siquiera levantó las orejas ni meneó el rabo. Yo conocía esa postura. La adoptaba cuando sufría por algo o pedía caricias. Era la posición de la melancolía y el dolor, significaba que deseaba comprensión. Estúpido perro, él también quería convencerme de que yo repartía angustias. ¿Estaba esparciendo las esporas del malestar por casa? ¿Era posible? ¿Desde cuándo, desde hacía cuatro, cinco años? ¿Por eso Mario había recurrido a la pequeña Carla? Apoyé un pie desnudo en la panza del pastor y el calor me devoró la planta y me subió hasta la ingle. Entonces vi que un encaje de baba le decoraba los belfos.

—Gianni está durmiendo, ven —musitó Ilaria desde el fondo del pasillo. Pasé por encima del perro y fui al cuarto de los niños—. ¡Qué guapa estás! —exclamó Ilaria con sincera admiración, y tiró de mí hacia Gianni para enseñarme cómo dormía. El niño tenía sobre la

frente tres monedas y dormía de verdad. Respiraba pesadamente—.
Las monedas están frías —me explicó Ilaria—, quitan el dolor de cabeza y la fiebre.

De vez en cuando le quitaba una moneda y la echaba en un vaso
con agua, luego la secaba y la colocaba de nuevo en la frente de su
hermano.

—Cuando se despierte debe tomarse el antipirético —dije.

Puse la caja en la mesita y volví al pasillo para ocuparme de algo,
lo que fuese. Preparar el desayuno, sí. Gianni tendría que quedarse
en ayunas. O la lavadora. O simplemente acariciar a Otto. Pero el perro ya no estaba frente a la puerta del baño; había optado por dejar
de manifestar su tristeza babosa. Mejor así. Si mi desgracia no se transmitía a los demás, tanto criaturas humanas como animales, entonces
era el malestar de los demás el que me invadía y me enfermaba. Por
eso —pensé como si se tratase de un acto decisivo— era preciso un
médico. Debía llamar por teléfono.

Me impuse mantener firme ese pensamiento, lo arrastré detrás de
mí como una cinta al viento y así recorrí el pasillo con pasos cautos.
Al llegar al salón me alarmó el desorden de mi escritorio. Los cajones
estaban abiertos, había libros esparcidos aquí y allá. El cuaderno en
el que tomaba notas para mi libro también estaba abierto. Hojeé las
últimas páginas. En ellas aparecían transcritos con mi letra menuda
algunos fragmentos de *La mujer rota* y unas líneas de *Ana Karenina*.
No recordaba haber escrito aquello. Desde luego, tenía por costumbre transcribir fragmentos de libros, pero no en aquel cuaderno, disponía de uno especial para eso. ¿Era posible que mi memoria estuviese degenerando? Ni siquiera recordaba haber trazado aquellas
líneas decididas de tinta roja bajo las preguntas que Ana se hace a sí
misma poco antes de que el tren la golpee y la arrolle: «¿Dónde estoy?
¿Qué estoy haciendo? ¿Por qué?». Eran citas que no me sorprendían

porque las conocía muy bien. Sin embargo, no comprendía qué hacían en aquellas páginas. Las conocía tan bien precisamente porque las había escrito hacía muy poco. ¿Ayer? ¿Anteayer? Pero entonces, ¿por qué no recordaba haberlo hecho?, ¿por qué estaban en ese cuaderno y no en el otro?

Me senté frente al escritorio. Debía mantener firme algo, pero no recordaba qué. De firme no veía nada, todo se me escurría. Fijé la vista en mi cuaderno, en los trazos rojos que subrayaban las preguntas de Ana como si fuesen anclajes. Leí y volví a leer, pero los ojos pasaron sobre aquellas preguntas sin entender. Había algo que no funcionaba en mis sentidos. Una intermitencia de las sensaciones, de los sentimientos. Unas veces me abandonaban y otras me alarmaban. Aquellas frases, por ejemplo: no sabía encontrar respuestas al signo de interrogación; todas las respuestas posibles me parecían absurdas. Me había extraviado en el dónde estoy, en el qué estoy haciendo. Estaba muda ante el porqué. En esto me había convertido en el transcurso de una noche. Tal vez, no sabía cuándo, después de haber aguantado, después de haber resistido durante meses, me había visto en aquellos libros y me había confundido, me había estropeado definitivamente. Un reloj estropeado cuyo corazón de metal seguía latiendo y por eso estropeaba el tiempo.

22

En aquel momento sentí un golpe en la nariz y pensé que me estaba sangrando de nuevo. Pero enseguida comprendí que había confundido con una impresión táctil lo que era una herida del olfato. Se estaba difundiendo por la casa un espeso aire mefítico. Pensé que Gianni estaría mal de verdad, me levanté y volví a su cuarto. Pero el niño aún dormía, a pesar del asiduo cambio de monedas en la frente a cargo de su hermana. Entonces avancé por el pasillo despacio, con prudencia, hacia el estudio de Mario. La puerta estaba entornada.

Entré. El hedor provenía de allí, el aire era irrespirable. Otto yacía de costado bajo el escritorio de su amo. Cuando me acerqué, una especie de largo escalofrío le recorrió el cuerpo. La baba le chorreaba por el hocico, pero los ojos seguían siendo los de un lobo bueno, aunque me parecieron descoloridos, como tapados por un corrector de escritura. Un cuajarón negruzco se extendía a su lado, un limo oscuro veteado de sangre.

En un primer momento pensé en retroceder, salir de la habitación y cerrar la puerta. Estuve dudando un rato, debía tener en cuenta aquella nueva y desproporcionada difusión de la enfermedad por mi casa. ¿Qué estaba ocurriendo? Al final decidí quedarme. El perro permanecía en silencio. Ya no se apreciaban espasmos, tenía los ojos cerrados. Parecía inmovilizado en una última contracción, como si tuviera un resorte, igual que los viejos juguetes de metal, listos para animarse de repente en cuanto se bajase una palanquita con el dedo. Me acostumbré enseguida al tufo hediondo de la habitación. Lo acepté de tal modo que en unos segundos su pátina se resquebrajó y comenzó a llegarme otro olor más irrespirable aún, el que Mario no se había llevado, que seguía alojado allí, en su estudio. ¿Desde cuándo no entraba en aquella habitación? Pensé, llena de rabia, que debía obligarlo cuanto antes a abandonar del todo el piso, a despegarse de cada rincón. No podía irse y dejarme en casa la transpiración de sus poros, el halo de su cuerpo, tan intenso que destruía incluso el sello apestoso de Otto. No obstante, había sido aquel olor lo que le había dado al perro, decepcionado él también conmigo, las energías necesarias para bajar el picaporte de un zarpazo y meterse debajo del escritorio en aquella habitación donde el rastro de su amo era más fuerte y prometía servirle de lenitivo.

Fue la humillación más terrible de todos aquellos meses. ¡Perro desagradecido! Yo lo cuidaba, me había quedado con él, no lo había abandonado, lo sacaba a hacer sus necesidades, y él, ahora que estaba transformándose en terreno de llagas y sudor, se iba a buscar consuelo entre los rastros olfativos de mi marido, el informal, el traidor, el fugitivo. Quédate aquí solo, pensé, te lo mereces. No sabía lo que le pasaba, pero tampoco me importaba. Él también era un defecto de ese día, un acontecimiento incongruente de una jornada que no conseguía ordenar. Retrocedí con rabia hacia la salida, justo a tiempo para oír a Ilaria a mi espalda que preguntaba:

—¿Qué es esa peste?

Luego vio a Otto tumbado bajo el escritorio y preguntó:

—¿El también está malo? ¿Se ha comido el veneno?

—¿Qué veneno? —pregunté mientras cerraba la puerta.

—La albóndiga envenenada. Papá lo dice siempre, hay que estar atentos. Las pone en el parque el señor del piso de abajo, que odia los perros.

Quiso abrir la puerta de nuevo, le preocupaba Otto. Se lo impedí.

—Se encuentra estupendamente —dije—, solo le duele un poco la barriga.

Me miró con mucha atención, tanta que pensé que estaba haciendo un esfuerzo por convencerse de que decía la verdad. En cambio, me preguntó:

—¿Yo también puedo maquillarme como te has maquillado tú?

—No. Cuida de tu hermano.

—Cuídalo tú —contestó secamente, y se fue derecha al baño.

—Ilaria, no toques mis pinturas.

No respondió, pero lo dejé correr, o sea, dejé que Ilaria saliera de mi ángulo de visión. Ni siquiera me volví. Caminé arrastrando los pies hasta donde estaba Gianni. Me sentía derrotada; incluso la voz me parecía más un sonido de la mente que una realidad. Le quité las monedas de Ilaria de la frente y le pasé la mano por la piel seca. Estaba ardiendo.

—Gianni —lo llamé, pero él siguió durmiendo, o fingiendo que dormía.

Tenía la boca entreabierta, los labios hinchados como una herida color fuego, con los dientes brillando al fondo. No sabía si tocarlo, si besarle la frente, si probar a despertarlo con una leve sacudida. Rechacé incluso la pregunta sobre la gravedad de su enfermedad: una intoxicación, un resfriado de verano, el efecto de una bebida demasiado fría, una meningitis. Todo me parecía posible, o imposible, y de todas formas me costaba formular hipótesis, no sabía establecer prioridades; sobre todo, no conseguía alarmarme. Lo que sí me estaba alarmando eran mis propios pensamientos, habría preferido no tener más, me parecían corruptos. Después de ver el estado de Otto, temía aún más ser la vía de transmisión de todo mal. Mejor evitar los contactos, a Ilaria no debía tocarla. Lo más prudente era avisar al pediatra, un médico muy mayor, y también al veterinario. ¿Lo había hecho ya? ¿Había pensado en hacerlo y luego lo había olvidado? Avisarles enseguida, la norma era esa, respetarla. Pero me molestaba actuar como lo hacía siempre Mario. ¡Hipocondríaco! Se preocupaba y llamaba al médico por nimiedades. Papá sabe —me habían remarcado los niños— que el señor del piso de abajo pone albóndigas envenenadas en el parque; sabe lo que hay que hacer cuando se tiene fiebre, con el dolor de cabeza, con los síntomas de envenenamiento; sabe que hace falta un médico, que hace falta un veterinario. Si estuviese aquí, susurré, llamaría a un médico para mí, la primera. Pero luego rechacé de golpe aquella idea de petición atribuida a un hombre al que ya no pedía nada. Era una mujer obsoleta, un cuerpo en desuso. Mi enfermedad era solo vida femenina que había quedado inservible. Me dirigí con decisión al teléfono. Llamar al veterinario, llamar al médico. Levanté el auricular.

Lo colgué de un golpe, mosqueada.

¿Dónde tenía la cabeza?

Reponerme, reafirmarme.

En el auricular solo se oían las habituales ráfagas de viento, no había línea. Lo sabía, pero hacía como si no lo supiera. O tal vez no lo sabía, ya no tenía memoria prensil, ya no era capaz de aprender, de retener lo aprendido, y sin embargo fingía ser capaz aún; fingía y huía de la responsabilidad de mis hijos, del perro, con la fría pantomima de quien sabe lo que hace.

Volví a descolgar y marqué el número del pediatra. Nada, el soplido continuaba. Me arrodillé, busqué la clavija bajo la mesa, la desconecté, la conecté otra vez. Probé de nuevo el teléfono: viento. Marqué el número: viento. Entonces comencé a soplar en el micrófono, con obstinación, como si con mi soplido pudiese expulsar aquel viento que anulaba la línea. No dio resultado. Colgué el auricular y regresé apáticamente al pasillo. Tal vez no hubiera comprendido, debía hacer un esfuerzo de concentración, debía tomar conciencia de que Gianni estaba mal, y también Otto estaba mal, debía encontrar la forma de alarmarme ante su estado y darme cuenta de lo que aquello significaba. Me apliqué en contar con los dedos: uno, había un teléfono en el salón que no funcionaba; dos, había un niño con fiebre alta y vómitos en su cuarto; tres, había un pastor alemán en muy malas condiciones en el estudio de Mario. Pero sin alterarte, Olga, sin correr. Cuidado, porque en la fuga podrías olvidarte de un brazo, de la voz, de un pensamiento. O romper el suelo, separar sin remedio el salón del cuarto de los niños. Llamé a Gianni, quizá lo sacudí demasiado fuerte.

—¿Cómo estás?

El niño abrió los ojos y respondió:

—Llama a papá.

Papá no estaba; papá, que era quien mejor sabía qué hacer, se había ido. Definitivamente había que apañarse sin él. Pero el teléfono no funcionaba, era un canal obstruido. Y quizá me estuviera yendo yo también, por un momento lo advertí con claridad. Me estaba yendo no sé por qué caminos, caminos perdidos que no llevaban a ninguna parte. El niño lo había comprendido y por eso estaba preocupado, no tanto por su dolor de cabeza o por la fiebre como por mí. Por mí.

Aquello me dolió. Remediarlo, detenerme antes de llegar al borde. Vi sobre la mesa una pinza de metal para sujetar folios. La cogí y me la colgué de la piel del brazo derecho, a lo mejor eso servía. Algo que me sujetase.

—Vuelvo enseguida —le dije a mi hijo, y él se incorporó un poco para verme mejor.

—¿Qué te has hecho en la nariz? —me preguntó—. No es bueno llevar todo ese algodón, quítatelo. ¿Y por qué te has puesto eso en el brazo? Quédate a mi lado.

Me había observado con atención, pero ¿qué había visto? El algodón y la pinza. Ni una sola palabra sobre mi maquillaje, no me había visto guapa. Los hombres, pequeños o grandes, no saben apreciar la belleza auténtica, solo piensan en sus necesidades. Seguro que más adelante desearía a la amante de su padre. Probablemente. Salí de la habitación y fui al estudio de Mario. Me ajusté mejor la pinza de metal. ¿Era posible que Otto hubiese sido envenenado realmente y que Carrano fuese quien había puesto el veneno?

El perro seguía allí, bajo el escritorio de su amo. El hedor era insoportable, había tenido más descargas de diarrea. Pero ahora no estaba él solo en la habitación. Detrás del escritorio, en el sillón giratorio de mi marido, en la penumbra gris azulada, había una mujer.

23

Apoyaba los pies descalzos en el cuerpo de Otto y tenía un color verdoso. Era la mujer abandonada de la plaza Mazzini, «la pobrecilla», como la llamaba mi madre. Se alisó con cuidado el cabello, como si quisiera peinarse con los dedos, y se ajustó al pecho el vestido escotado, desteñido. Su aparición duró el tiempo suficiente para cortarme el aliento, y luego se desvaneció.

Mala señal. Aquello me impresionó. Sentía que las horas de ese día caluroso me estaban empujando hacia donde no debía ir en absoluto. Si la mujer estaba de verdad en la habitación, pensé, yo en consecuencia no podía ser otra que una niña de ocho años. O peor aún: si aquella mujer estaba allí, eso significaba que una niña de ocho años, que ahora me era extraña, se estaba adueñando de mí, que tenía treinta y ocho, y me estaba imponiendo su tiempo, su mundo. La niña se entretenía en quitarme el suelo en el que me apoyaba y sustituirlo por el suyo. Y eso era solo el principio: si le hacía caso, si me abandonaba a su voluntad, sabía que aquel día y aquel espacio del piso se abrirían a muchos tiempos diferentes, a un montón de lugares, y a personas y a cosas y a Olgas distintas que mostrarían, todas a la vez, los hechos reales, los sueños y las pesadillas, hasta crear un laberinto tan intrincado que nunca podría salir de él.

No era una incauta, no debía permitírselo. Era imprescindible no olvidar que la mujer de detrás del escritorio, aunque fuese una mala señal, seguía siendo simplemente una señal. Despierta, Olga. Ninguna mujer de carne y hueso se había metido literalmente en mi cabeza de niña tres décadas atrás y, por lo tanto, ninguna mujer de carne y hueso podía salir de mí ahora, así, entera. La persona que había creído ver tras el escritorio de Mario era solo un efecto de la palabra «mujer», «mujer de la plaza Mazzini», «la pobrecilla». Atenerme a estos datos: el perro está vivo, por ahora; la mujer, en cambio, está muerta, ahogada hace tres décadas; yo dejé de ser una niña de ocho años hace treinta. Para recordármelo me mordí los nudillos hasta que no aguanté el dolor. Luego me adentré en el miasma infecto del perro, quería sentir únicamente aquello.

Me arrodillé junto a Otto. Era víctima de espasmos incontrolables. Se había convertido en un monigote en manos del sufrimiento. ¿Qué tenía frente a mí? Sus dientes apretados, la baba densa. Las contracciones de sus extremidades me parecieron un asidero más sólido que el mordisco en los nudillos o la pinza colgada del brazo.

Debo hacer algo, pensé. Ilaria tiene razón. Otto ha sido envenenado por mi culpa. No lo he vigilado bastante.

Pero el pensamiento no supo adaptarse a la envoltura habitual de mi voz. Me lo noté en la garganta, como si estuviera hablándome hacia dentro, con una vibración pueril del aliento. Una adulta que hablaba como en la edad del pavo. Era un tono que siempre había detestado. Carla modulaba las palabras de aquel modo, lo recordaba: quince años y parecía que tuviera seis. A lo mejor hablaba todavía así. Cuántas mujeres hay que no consiguen renunciar a la representación de la voz infantil. Yo había renunciado muy pronto. A los diez años ya buscaba tonos adultos. Ni siquiera en los momentos del amor había hecho nunca de niña. Una mujer es una mujer.

—Ve a casa de Carrano, que te ayude él —me aconsejó con un

fuerte acento napolitano «la pobrecilla» de la plaza Mazzini, que había reaparecido, esta vez en un rincón junto a la ventana.

No pude resistirlo, me pareció que me lamentaba con una voz débil de niña expuesta al peligro, inocente aunque todo la comprometa.

—Carrano ha envenenado a Otto. Se lo había jurado a Mario. La gente más inofensiva es capaz de hacer cosas muy feas.

—Pero también cosas buenas, hija mía. Venga, en el edificio solo está él, es el único que puede ayudarte.

¡Qué boba, no tendría que haberle hablado! Lo que me faltaba, un diálogo. Como si estuviese escribiendo mi libro y tuviese en la cabeza fantasmas de personas, personajes. Pero no lo estaba escribiendo, ni estaba debajo de la mesa de mi madre contándome a mí misma la historia de «la pobrecilla». Estaba hablando sola. Se empieza por ahí, hablando con tus palabras como si fuesen de otra. ¡Qué error más grave! Debía anclarme a las cosas, aceptar su solidez, creer en su permanencia. La mujer estaba presente solo en mis recuerdos de niña. No debía asustarme de ella, pero tampoco debía darle confianza. Llevamos en la cabeza hasta la muerte a los vivos y a los muertos. Lo esencial es imponerse unos límites, por ejemplo, no contestar nunca a las propias frases. Para saber dónde estaba, quién era, hundí las manos en el pelo de Otto, que emanaba un calor insoportable. Al momento de empezar a acariciarlo, tuvo un estremecimiento, levantó la cabeza, abrió los ojos blancos desmesuradamente y explotó contra mí en un gruñido que me salpicó de baba. Retrocedí aterrada. El perro no me quería en su sufrimiento; me expulsaba hasta el mío como si no mereciese aliviarle la agonía.

—Te queda poco tiempo. Otto se está muriendo —dijo la mujer.

24

Me levanté, salí a toda prisa de la habitación y cerré la puerta detrás de mí. Me habría gustado poder dar grandes zancadas para que nada me detuviera. Olga corre por el pasillo, por el salón. Ahora está decidida, lo solucionará todo, aunque la niña que lleva en la cabeza le habla con afectación y le dice: «Ilaria te ha cogido las pinturas, quién sabe lo que estará haciendo en el baño, ya no tienes nada que sea realmente tuyo, ella te lo toca todo, ve y dale unos bofetones».

Reduje el paso de inmediato, no soportaba que me instigaran; si el mundo aceleraba a mi alrededor, yo frenaba. A Olga le da pánico el frenesí de la acción. Teme que la necesidad de reaccionar deprisa —pasos rápidos, gestos rápidos— le emigre al interior del cerebro, no puede soportar el zumbido interior que en tal caso empieza a acosarla, las sienes bombeando, las náuseas en el estómago, los sudores fríos, la obsesión de ser cada vez más rápida, cada vez más rápida. Por eso, nada de prisas, calma, paso lento, que parezca descuidado. Volví a colocarme la pinza en el brazo para animarme a dejar la tercera persona —la Olga que quería correr— y volver al yo, yo que voy a la puerta blindada, yo que sé quién soy y controlo lo que hago.

Tengo memoria, pensé. No soy de esos que se olvidan hasta de su nombre. Yo recuerdo. En efecto, recordé a los dos cerrajeros que habían trabajado en la puerta, el joven y el viejo. ¿Cuál de los dos me había dicho?: «Cuidado, señora, no fuerce, cuidado con cómo usa las llaves. Los resortes, ja, ja, son delicados». Ambos tenían una sonrisa burlona. Todas aquellas alusiones, la llave en vertical, la llave en horizontal... Menos mal que conocía el paño. Que después de lo que me había hecho mi marido, de aquel ultraje del abandono precedido del largo engaño, siguiera siendo yo y soportara el desasosiego de aquellos meses, allí, en el calor, a primeros de agosto, y todavía aguantara y aguantara tantas adversidades distintas, quería decir que lo que temía desde niña —crecer y convertirme en una pobrecilla, ese era el miedo que había incubado durante tres décadas— no había ocurrido. Estaba reaccionando bien, muy bien. Mantenía bien sujetas a mi alrededor las partes de mi vida. Felicidades, Olga. A pesar de todo no me apartaba de mí misma.

Delante de la puerta blindada hice un alto, como si hubiese corrido de verdad. Está bien, pediré ayuda a Carrano, aunque haya sido él quien ha envenenado a Otto. No me queda otra opción, le preguntaré si puedo utilizar su teléfono. Y si quiere intentar cogerme otra vez el coño, metérmela por el culo, le diré que no, que ha pasado el momento, estoy aquí solo porque en mi casa hay una emergencia, no te hagas ilusiones. Se lo diré enseguida, de modo que no piense ni por un momento que he vuelto a su casa por eso. Has perdido la ocasión, ya no hay más. Dicen que no hay dos sin tres, pero yo te digo que hay una sin dos. Sobre todo porque esa única vez te lo montaste tú solo dentro del preservativo, imbécil.

Sin embargo, incluso antes de probarlo supe que la puerta no se abriría. Y cuando metí la llave e intenté girarla, lo que un momento antes me había imaginado sucedió. La llave no giraba.

Me entró un ataque de pánico, justo la reacción que no habría debido tener. Ejercí una presión más fuerte, caóticamente. Intenté

girar la llave, primero a la izquierda y luego a la derecha, sin resultado. Entonces intenté sacarla de la cerradura, pero no salió, se quedó
incrustada como si los metales se hubiesen soldado. Golpeé la puerta con los puños, le di patadas, volví a probar con la llave. De repente mi cuerpo se había despertado, era presa de la desesperación.
Cuando me rendí, descubrí que estaba empapada de sudor, el camisón se me había pegado al cuerpo, pero me castañeteaban los dientes.
Tenía frío a pesar del calor.

Me acurruqué en el suelo, tenía que razonar. Los cerrajeros, sí,
los cerrajeros me habían dicho que debía tener cuidado, que la cerradura podía estropearse. Pero me lo habían dicho en ese tono que uti-
lizan los hombres cuando exageran solo por exagerar su indispensabilidad. Indispensabilidad sexual, sobre todo. Recordé el guiño con
que el mayor me había dado la tarjeta de visita por si necesitaba que
interviniese. Ya sabía yo en qué cerradura quería intervenir; desde
luego, no en la de la puerta blindada. Por lo tanto, me dije, debía eliminar de sus palabras cualquier información de tipo técnico. Había
utilizado la jerga de su oficio solo para sugerirme obscenidades. Lo
cual significaba, en la práctica, que debía eliminar de mi cabeza también el alarmante significado de aquellas palabras: no debía temer
que la cerradura de la puerta se hubiese atascado. ¡Así que fuera las
frases de aquellos dos hombres vulgares! Hacer limpieza. Aflojar la
tensión, restaurar el orden, tapar las grietas del sentido. Y lo mismo
con el perro, por ejemplo: ¿por qué debía haber ingerido veneno por
fuerza? Eliminar «veneno». A Carrano lo había observado de cerca
—me dio risa la ocurrencia— y no me parecía alguien que se dedicase a preparar albóndigas a la estricnina. Quizá Otto solo hubiera comido algo en mal estado. Conservar, por lo tanto, «algo en mal estado» y asegurar bien la palabra. Reinterpretar cada hecho de aquel día
desde el momento de despertar. Reponer los espasmos de Otto den-

tro de los límites de lo verosímil, devolver la dimensión justa a los hechos, devolvérmela a mí misma. ¿Qué era yo? Una mujer molida por cuatro meses de tensión y dolor; desde luego, no era una hechicera que por desesperación exuda un veneno capaz de provocar fiebre en su hijo varón, asesinar al perro, dejar sin línea el teléfono y corroer la cerradura de una puerta blindada. Y, además, tenía que darme prisa. Los niños no habían comido nada. Yo misma no me había lavado, no había desayunado. Las horas volaban. Debía separar la ropa blanca de la de color. No me quedaba ropa interior limpia. Las sábanas llenas de vómito. Pasar la aspiradora. Limpiar.

25

Me levanté intentando no hacer gestos bruscos. Observé la llave un buen rato, como si fuese un mosquito al que hay que aplastar. Luego, con decisión, alargué la mano derecha y ordené de nuevo a los dedos un movimiento giratorio hacia la izquierda. La llave no se movió. Tiré hacia mí, con la esperanza de que saliera solo un poco, lo justo para encontrar la posición correcta, pero no gané ni un milímetro. No parecía una llave, parecía una excrecencia del escudo de latón.

Examiné el tablero: liso, sin asideros aparte del picaporte brillante, macizo sobre unos goznes macizos. Era inútil, no había modo de abrir la puerta si no era girando la llave. Estudié los escudos redondos de las dos cerraduras; la llave sobresalía del inferior. Ambos estaban fijados con cuatro tornillos de pequeñas dimensiones. Sabía que desatornillarlos no me llevaría muy lejos, pero pensé que eso me animaría a no rendirme.

Fui al trastero a coger la caja de las herramientas y la arrastré hasta la entrada. La registré a fondo, pero no encontré un destornillador adecuado para aquellos tornillos. Todos eran demasiado grandes. Entonces fui a la cocina y cogí un cuchillo. Elegí un tornillo al azar e introduje la punta del cuchillo en la minúscula muesca en forma de cruz, pero el cuchillo se escurría enseguida, se escapaba. Volví a los destornilladores, cogí el más pequeño e intenté introducir la punta achatada bajo el escudo de latón de la cerradura de abajo, otro gesto inútil. Renuncié tras algunos intentos y volví al trastero con las herramientas. Busqué con lentitud, atenta a no perder la concentración, un objeto que pudiese meter por debajo de la puerta, algo sólido con lo que hacer palanca para levantarla e intentar sacar los pernos de sus goznes. Razonaba, debo admitirlo, como si me contase una fábula a mí misma, sin creer mínimamente que encontraría el instrumento adecuado o que, en caso de encontrarlo, tendría la fuerza física necesaria para llevar a cabo lo que había pensado. Pero tuve suerte, descubrí una barra corta de hierro que terminaba en punta. De nuevo en la entrada, probé a deslizar el extremo puntiagudo de la barra por debajo de la puerta. No había espacio, el tablero se ajustaba perfectamente al suelo, y además me di cuenta de que, aunque hubiese podido introducir la barra, el espacio superior habría resultado insuficiente para que los pernos saliesen de las bisagras. Dejé que la barra se me escurriera de los dedos, y cayó al suelo haciendo mucho ruido. No sabía qué más intentar. Era una inepta, estaba prisionera en mi propia casa. Por primera vez en ese día sentí cómo las lágrimas me brotaban de los ojos, y no me molestó.

26

Estaba a punto de echarme a llorar cuando Ilaria, que se había acercado por detrás, evidentemente de puntillas, me preguntó:

—¿Qué estás haciendo?

Por supuesto, se trataba de una pregunta retórica. En realidad lo que quería era simplemente que me volviese a mirarla. Y al hacerlo di un respingo de repulsión. Se había puesto mi ropa, se había maquillado y llevaba en la cabeza una vieja peluca rubia que le había regalado su padre. Se había calzado mis zapatos de tacón alto y llevaba encima un vestido azul que le dificultaba los movimientos y que le caía por detrás en una larga cola. La cara era una máscara pintada: sombra de ojos, colorete y carmín. Me recordó a una de las viejas enanas que mi madre me contaba que había visto de joven en el funicular del Vomero. Eran dos gemelas, idénticas, de cien años, decía ella, que entraban en los vagones y sin decir palabra empezaban a tocar sus mandolinas. Tenían el pelo de estropajo, ojos cargados de sombra, las caras arrugadas, con las sienes rojas y los labios pintados. Cuando terminaban su concierto, en lugar de dar las gracias, sacaban la lengua. Yo nunca las había visto, pero las historias de los adultos son veneros de imágenes; las dos viejas enanas estaban grabadas en mi mente, vivas. Era Ilaria quien estaba delante de mí, pero me parecía salida de aquella historia infantil.

Cuando la niña se dio cuenta de la repugnancia que debía de reflejar mi cara, sonrió abochornada, con los ojos brillantes, y me dijo como para justificarse:

—Somos idénticas.

La frase me alteró. Sentí un escalofrío y perdí en un segundo el poco terreno que creía haber ganado. ¿Qué significaba eso de somos idénticas? En aquel momento necesitaba ser idéntica únicamente a mí misma. No podía, no debía imaginarme como una de aquellas viejas del funicular. Solo de pensarlo me mareé, me dieron náuseas. Todo empezó de nuevo a desintegrarse. Quizá, pensé, la propia Ilaria no fuera Ilaria. Quizá fuera de verdad una de las enanitas del Vomero, que aparecía a traición, como antes había ocurrido con «la pobrecilla» que se ahogó en el cabo Miseno. O quizá no. Quizá hiciera tiempo que era yo, precisamente yo, una de aquellas viejas que tocaban la mandolina, y Mario lo había descubierto y me había dejado. Me había transformado sin notarlo en una de ellas, en un personaje de mis fantasías de niña, e Ilaria lo único que hacía era reflejar mi propia imagen, intentar parecerse a mí pintándose como yo. Esa era la realidad que estaba a punto de descubrir tras las apariencias de muchos años. Yo ya no era yo, era otra, como temía desde que me había despertado, como había temido desde hacía mucho. A partir de ese momento toda resistencia era inútil. Me había perdido justo cuando me empeñaba con todas mis fuerzas en no perderme. Ni siquiera estaba allí, en la entrada de mi casa, ante la puerta blindada, enfrascada en la desobediencia de aquella llave. Solo estaba fingiendo que estaba allí, como en un juego infantil.

Reuní fuerzas, cogí a Ilaria de la mano y la arrastré por el pasillo. Ella protestó, pero débilmente; perdió un zapato, se debatió y perdió también la peluca.

—Eres mala, no te soporto —me dijo.

Abrí la puerta del baño y, evitando el espejo, empujé a Ilaria hacia la bañera, que estaba de agua hasta el borde. Le puse una mano en la nuca, le hundí la cabeza en el agua y con la otra mano le restregué la cara enérgicamente. Realidad, realidad sin maquillaje. Por el momento era lo que necesitaba si quería salvarme, salvar a mis hijos, al perro. Insistir en asignarme la tarea de salvadora. Ya está, lavada. Levanté la cabeza de Ilaria y ella me espurreó agua en la cara agitándose y respirando con avidez y gritando:

—¡Me has hecho tragar agua, me estabas ahogando!

Se me despertó una repentina ternura. Otra vez tenía ganas de llorar.

—Quería ver lo guapa que es mi Ilaria, me había olvidado de lo guapa que es.

Cogí agua con el cuenco de la mano y, mientras ella se revolvía intentando eludirme, volví a frotarle el rostro, los labios, los ojos, mezclándole los colores que quedaban, diluyéndolos y empastándole la piel hasta que se convirtió en una muñeca de cara morada.

—¡Ya estás aquí! —dije, y quise abrazarla—. Así me gustas más.

Ella me rechazó gritando:

—¡Quita! ¿Por qué tú puedes pintarte y yo no?

—Tienes razón, yo tampoco.

La solté y sumergí la cara y el pelo en el agua fría de la bañera. Me sentí mejor. Cuando saqué la cabeza y me froté la piel del rostro con ambas manos, los dedos encontraron el algodón empapado que me taponaba la nariz. Lo extraje con cuidado y lo arrojé a la bañera. La bola negra de sangre se quedó flotando.

—¿Mejor ahora?

—Estábamos más guapas antes.

—Si nosotras nos queremos, siempre estamos guapas.

—Tú no me quieres, me has hecho daño en la muñeca.

—Yo te quiero mucho.

—Yo no.

—¿De verdad?

—No.

—Entonces, si me quieres, tienes que ayudarme.

—¿Qué tengo que hacer?

Un destello, un latido en las sienes, el bandazo de las cosas, me volví dudando hacia el espejo. No estaba en buen estado: el pelo mojado y pegado a la frente, sangre incrustada en la nariz, el maquillaje corrido o reducido a grumitos negros, el carmín alrededor de los labios, desbordado hacia la nariz y la barbilla. Alargué la mano para coger un disco de algodón.

—¿Qué? —me apremió Ilaria, impaciente.

La voz me llegó de lejos. Un momento, por favor. Primero, desmaquillarme bien. En las hojas laterales del espejo vi separadas, distantes, las dos mitades de mi rostro. Me atrajo primero el perfil derecho, luego el izquierdo. Ambos me resultaban igual de extraños. Nunca usaba los espejos laterales, me reconocía solamente en la imagen que me devolvía el espejo grande. Probé a regularlos para poder verme a la vez de lado y de frente. No hay reproducción técnica que hasta ahora haya podido superar el espejo y los sueños. Mírame, le susurré al cristal. El espejo me puso las cosas en su sitio. Si bien la imagen frontal me tranquilizaba diciéndome que era Olga y que seguramente conseguiría llegar bien al final del día, mis dos perfiles me advertían que no era cierto. Me mostraban la nuca, las feas orejas rojas, la nariz levemente arqueada que nunca me había gustado, la barbilla, los pómulos altos y la piel tersa de las sienes, como un folio blanco. Sentía que sobre aquellas dos mitades Olga tenía escaso control, era poco resistente, poco persistente. ¿Qué podía hacer con aquellas imágenes? El lado bueno, el lado malo, geometría de lo oculto. Yo había vivido creyendo ser aquella Olga frontal, y sin embargo los demás me habían atribuido siempre la conexión móvil, incierta, de los dos perfiles, una imagen de conjunto de la que yo no sabía nada. A Mario, a Mario sobre todo, a quien creía haber entregado a Olga, la Olga del espejo central, de repente ni siquiera sabía con certeza qué cara, qué cuerpo le había entregado en realidad. Él me había ensamblado sirviéndose de aquellos dos lados móviles, descoordinados, escurridizos, y quién sabe qué semblante me había atribuido, quién sabe qué montaje de mí había hecho que se enamorase y qué otro, en cambio, le había resultado repugnante y lo había desenamorado. Para Mario —me estremecí— yo nunca había sido Olga. Los sentidos, el sentido de la vida de Olga —lo comprendí de repente—, habían sido solo un error del final de la adolescencia, una ilusión mía de estabilidad. Entonces supe que para no terminar mal tenía que empezar por fiarme de aquellos dos perfiles, de su extrañeza más que de su familiaridad, y desde ahí devolverme poco a poco la confianza, hacerme adulta.

Aquella conclusión me pareció tan cargada de verdad que, al mirarme bien en mi media cara de la izquierda y estudiar la fisonomía cambiante de los lados secretos, reconocí los rasgos de «la pobrecilla». Jamás habría imaginado que tuviésemos tantos elementos en común. Su perfil, cuando subía la escalera e interrumpía mis juegos y los de mis compañeras para seguir adelante con la mirada ausente del sufrimiento, se había agazapado en mi interior no sabía cuándo y era el que le estaba ofreciendo al espejo. La mujer me murmuró desde un reflejo lateral:

—Acuérdate de que el perro se está muriendo y de que Gianni tiene fiebre muy alta y algún trastorno intestinal.

—Gracias —le dije sin asustarme, casi con gratitud.

—¿Gracias por qué? —dijo Ilaria, enfadada.

Volví a sentir un escalofrío.

—Gracias por haberme prometido que me ayudarías.

—Pero ¡si no me dices lo que debo hacer!

Sonreí y le contesté:

—Vamos al trastero y te lo enseñaré.

27

Al moverme me pareció ser puro aliento comprimido entre las mitades mal conectadas de una misma figura. ¡Qué inútil era recorrer la casa conocida! Todos los espacios se habían transformado en plataformas distantes, alejadas unas de otras. En una ocasión, cinco años antes, había sabido exactamente sus dimensiones, había medido cada rincón, la había decorado con mimo. Ahora no sabía a qué distancia estaban el baño del salón, el salón del trastero, el trastero de la entrada. Tiraban de mí a un lado y a otro como si fuese un juguete, tuve una sensación de vértigo.

—¡Mamá, cuidado! —me dijo Ilaria, y me cogió de la mano.

Iba tambaleándome, creo que estaba a punto de caerme. Abrí la puerta del trastero y le indiqué la caja de herramientas.

—Coge el martillo y sígueme —le dije.

Volvimos atrás. Ahora ella sujetaba altivamente el martillo con las dos manos; por fin parecía contenta de que fuese su madre. Yo también estaba contenta. Una vez en el salón le dije:

—Ahora te pones aquí y golpeas el suelo sin parar.

Ilaria adoptó una expresión muy divertida.

—Así haremos que se enfade el señor Carrano.

—Exactamente.

—¿Y si sube a protestar?

—Me llamas y yo hablo con él.

La niña fue al centro de la habitación y empezó a dar golpes en el suelo manejando el martillo con las dos manos. Ahora, pensé, tengo que ver cómo está Gianni, me estoy olvidando de él. ¡Qué madre más descuidada!

Intercambié una última mirada de complicidad con Ilaria. Estaba a punto de irme cuando mi vista recayó en un objeto que estaba fuera de su sitio, a los pies de la librería. Era el bote del insecticida. Debía estar en el trastero, pero estaba allí, en el suelo, lleno de marcas de los dientes de Otto. Incluso había saltado el pulsador blanco del aerosol.

Lo recogí, lo examiné, miré alrededor desorientada, vi las hormigas. Corrían en fila a lo largo de la base de la librería, habían vuelto a asediar la casa, quizá fueran el único hilo negro que todavía la mantenía unida, que impedía su completa desintegración. Sin su terquedad, pensé, Ilaria estaría ahora sobre una baldosa de la solería, mucho más lejos de lo que la veo, y el cuarto donde está Gianni sería más inalcanzable que un castillo con el puente levadizo alzado, y la cámara de dolor donde agoniza Otto sería un lazareto de apestados impenetrable, y hasta mis emociones y pensamientos y recuerdos de la vida pasada, los lugares del extranjero, la ciudad de origen y la mesa bajo la cual escuchaba las historias de mi madre serían motas de polvo en la luz tórrida de agosto. Dejar en paz a las hormigas. A lo mejor no eran un enemigo, había hecho mal empeñándome en eliminarlas. La solidez de las cosas a veces está en manos de elementos molestos que parecen alterar la cohesión.

Aquel último pensamiento sonó en voz alta y retumbó. Me sobresalté, no era mío. Escuché con claridad su sonido, había superado incluso la barrera de los aplicados golpes de Ilaria. Deslicé la vista del aerosol que tenía en las manos hacia mi escritorio. El cuerpo de car-

tón piedra de «la pobrecilla» estaba allí sentado, la soldadura artesa-
nal de mis dos perfiles. Se mantenía con vida gracias a mis venas. Las
veía rojas, húmedas, al descubierto, latiendo. También la garganta,
las cuerdas vocales, la respiración para hacerlas vibrar, me pertene-
cían. Después de pronunciar aquellas palabras incongruentes, había
vuelto a escribir en mi cuaderno.

Aunque no me moví de donde estaba, pude ver claramente lo
que escribía. Apuntes suyos en mis páginas. Esta habitación es demasiado amplia, anotaba con mi letra, no consigo concentrarme, no
soy capaz de comprender del todo dónde estoy, qué estoy haciendo,
por qué. La noche es larga, no pasa, por eso mi marido me ha dejado, quería noches que corriesen, antes de envejecer y morir. Para escribir bien, para ir al fondo de cada pregunta, necesito un lugar más
pequeño, más seguro. Eliminar lo superfluo. Limitar el campo. En
realidad, escribir es hablar desde el fondo del claustro materno. Pasar
la página, Olga, empezar desde el principio.

Esta noche no me he acostado, me dijo la mujer del escritorio.
Pero yo recordaba haberme metido en la cama. He dormido un poco,
me he levantado y luego he vuelto a acostarme. Seguro que era muy
tarde cuando me desplomé sobre la cama, a lo ancho. Esa es la razón
de que me haya despertado en una posición tan extraña.

Así que mucho cuidado, me dije, tengo que reordenar los hechos. Durante la noche, algo dentro de mí ha cedido y se ha roto. Se
me han caído a pedazos la razón y la memoria. El dolor que se pro-
longa demasiado puede hacer eso. Anoche pensé en meterme en la
cama y no lo hice. O me acosté y luego me levanté. Seguro que fue
así. ¡Cuerpo desobediente! Ha escrito en mis cuadernos, ha escrito
páginas y páginas. Ha escrito con la mano izquierda, para vencer el
miedo, para soportar la humillación.

Sopesé el aerosol en la mano. Tal vez hubiera luchado toda la noche con las hormigas sin conseguir nada. Había echado insecticida en todas las habitaciones de la casa y por eso Gianni había vomitado tanto. O tal vez no. Mis lados oscuros estaban inventando culpas que Olga no tenía. Pretendían que pareciera descuidada, irresponsable, incapaz, inducirme a una autodenigración que me haría confundir la realidad y me impediría delimitar sus márgenes, establecer lo que era y lo que no.

Apoyé el aerosol en un estante, retrocedí hacia la puerta de puntillas como si no quisiera molestar a la silueta de mujer del escritorio, que había vuelto a escribir, y a Ilaria, que seguía martilleando rítmicamente. Me dirigí otra vez al baño luchando contra los sentimientos de culpa. Mi pobre niño, mi tierno hijo varón. Busqué el bote de paracetamol en el compartimiento desordenado de los medicamentos y cuando lo encontré vertí doce gotas, doce exactamente, en un vaso de agua. ¿Cómo era posible que hubiese sido tan imprudente, que hubiese echado insecticida de noche, con las ventanas cerradas, hasta acabar el bote?

Cuando salí al pasillo escuché las arcadas de Gianni. Lo encontré asomado al borde de la cama con la cara congestionada, la boca y los ojos muy abiertos, mientras una fuerza interna lo sacudía sin resultado. Menos mal que ya no podía mantener nada, ni un sentimiento, ni una emoción, ni una sospecha. De nuevo el cuadro estaba cambiando, aparecían otros datos, otras variables. Me vino a la cabeza la boca de fuego frente a la Ciudadela. ¿Y si al meterse allí, dentro del viejo cañón, Gianni había respirado un aire cargado de miserias y climas lejanos, una señal de un mundo en ebullición, en continuo cambio, confines dilatados, lo distante hecho cercano, ruidos de subversión, odios antiguos y nuevos, guerras lejanas o inmediatas? Estaba entregada a todos los fantasmas, a todos los terrores. El universo de buenas razones del que me había rodeado tras la adolescencia se estaba reduciendo. Aunque había intentado ir despacio, tener gestos meditados, aquel mundo se había movido a mi alrededor demasiado deprisa y su figura esférica había quedado reducida a una tabla fina y redonda, tan fina que a fuerza de perder astillas ya aparecía perforada en el centro. Pronto se asemejaría a un anillo de boda, y al final se disolvería.

Me senté junto a Gianni, le sujeté la frente y lo animé a vomitar. Escupió una saliva verdosa. Estaba exhausto y se dejó caer de espaldas, llorando.

—Te he llamado y no has venido —me regañó entre sollozos.

Le sequé la boca y los ojos. Había tenido algunos problemas, tenía que solucionarlos con urgencia, no lo había oído, me justifiqué.

—¿Es verdad que Otto ha comido veneno?

—No, no es verdad.

—Me lo ha dicho Ilaria.

—Ilaria miente.

—Me duele aquí —dijo con un suspiro mientras me enseñaba la nuca—, me duele mucho, pero no quiero ponerme un supositorio.

—No te preocupes, solo tienes que tomarte estas gotas.

—Me harán vomitar otra vez.

—Con las gotas no vomitarás.

Bebió el agua con esfuerzo, dio una arcada y se echó en la almohada. Le toqué la frente, quemaba. Me pareció insoportable su piel seca, que ardía como el hojaldre de una empanada recién horneada. Y me pareció insoportable el martilleo de Ilaria, a pesar de la distancia. Eran golpes enérgicos que retumbaban en toda la casa.

—¿Qué es ese ruido? —preguntó Gianni, inquieto.

—El vecino está de obras.

—Me molesta, ve a decirle que pare.

—Está bien —lo tranquilicé, y luego lo obligué a que aguantara con el termómetro, aunque solo consintió porque lo abracé fuerte con los dos brazos y lo mantuve apretado contra mí—. Mi niño —lo acuné con esa cantinela—, mi niño malito ya se pone bueno.

En unos minutos, pese a los golpes insistentes de Ilaria, Gianni se quedó dormido, pero los párpados no le cerraban del todo; entre los bordes rosa le asomaba un hilo blanco detrás de las pestañas. Esperé un poco más, angustiada por su respiración demasiado acelerada y la movilidad de las pupilas que se intuía bajo los párpados; luego le quité el termómetro. El mercurio había llegado hasta arriba. Casi cuarenta.

Dejé el termómetro en la mesita con repugnancia, como si estuviese vivo. Apoyé la cabeza de Gianni sobre la almohada y me quedé mirándole el agujero rojo de la boca, abierta como la de un muerto. Los martillazos de Ilaria me golpeaban el cerebro. Volver en mí, remediar el mal hecho durante la noche, durante el día. Son mis hijos, me decía para convencerme, son mis criaturas. Aunque Mario los hubiese tenido con quién sabe qué mujer que se había imaginado; aunque yo me hubiese creído Olga al tenerlos con él; aunque mi marido ahora atribuyese sentido y valor solo a una muchachita llamada Carla, otro error suyo, y no reconociese en mí ni siquiera el cuerpo, la fisiología que me había atribuido para poder amarme, inseminarme; aunque yo misma nunca hubiese sido aquella mujer y tampoco —ahora lo sabía— la Olga que había creído ser; Dios mío, aunque solo fuese un conjunto inconexo de lados, una selva de figuras cubistas ignota hasta para mí misma, aquellas criaturas eran mías, mis criaturas verdaderas nacidas de mi cuerpo, de este cuerpo. Eran responsabilidad mía.

Por eso, con un esfuerzo que me llevó al límite de mis fuerzas, me puse en pie. Es necesario que me recupere, que comprenda. Reactivar enseguida los contactos.

28

¿Dónde había metido el teléfono móvil? El día que lo rompí, ¿dónde puse las piezas? Fui a mi dormitorio, rebusqué en el cajón de la mesilla. Estaban allí, dos mitades separadas de color violeta.

Yo no sabía nada de la mecánica de un móvil, y tal vez fuera esa la razón por la que quise convencerme de que no estaba roto en absoluto. Examiné la mitad donde estaban la pantalla y el teclado y pulsé el botón del encendido, pero no ocurrió nada. Tal vez, me dije, bastara con encajar las dos mitades para que funcionase. Trasteé un poco, desordenadamente. Coloqué en su sitio la pila, que se había salido, e intenté acoplar las piezas. Descubrí que las dos partes se habían desarmado porque el cuerpo central se había mellado, se había partido la pestaña donde encajaban. Fabricamos objetos a semejanza de nuestro cuerpo, un lado encaja con el otro. O los concebimos pensando en ellos unidos como nosotros nos unimos a los cuerpos deseados. Criaturas nacidas de una fantasía banal. De repente me pareció que Mario, a pesar de su éxito profesional, a pesar de sus aptitudes y su inteligencia, era un hombre de fantasía banal. Quizá precisamente por eso él habría sabido devolver al móvil su funcionalidad. Y así habría salvado al perro y al niño. El éxito depende de la capacidad de manipular lo obvio con precisión. Yo no había sabido adaptarme, no había sabido plegarme completamente a la mirada de Mario. De lo obtusa que era, me había fingido en ángulo recto, había llegado incluso a estrangular mi vocación de pasar de fantasía en fantasía. Pero no había sido suficiente, él había renunciado de todas formas; se había ido a unirse más sólidamente a otra parte.

No, tengo que parar. Pensar en el móvil. Encontré en la caja de herramientas una cinta adhesiva verde, pegué las dos mitades bien apretadas y pulsé el botón del encendido. Nada. Confiando en una especie de magia, me lo acerqué al oído por si había línea. Nada, nada, nada.

Dejé el aparato en la cama, agotada por el martilleo de Ilaria. De repente me acordé del ordenador. ¿Cómo era posible que no hubiese caído antes? ¡Qué colgada! Era la última prueba que me quedaba por hacer. Fui hasta el salón andando como si los martillazos fuesen una cortina gris, un telón a través del cual tenía que abrirme paso con los brazos extendidos y tanteando con las manos.

Encontré a Ilaria agachada, descargando golpes sobre una baldosa, siempre la misma. Ya no lo soportaba, me laceraba los oídos. Esperaba que fuese igual de insoportable para Carrano.

—¿Puedo parar? —preguntó empapada de sudor, con la cara roja y los ojos brillantes.

—No, es importante, continúa.

—Hazlo tú, yo estoy cansada.

—Yo tengo otra cosa urgente que hacer.

En mi escritorio ya no había nadie. Me senté. La silla no conservaba el calor humano. Encendí el ordenador, pulsé el icono del correo y luego hice clic en «enviar y recibir mensajes». Confiaba en poder conectarme, a pesar de las interferencias que me impedían hablar por teléfono. Esperaba que el problema estuviese de verdad limitado al aparato, como me había dicho el empleado de la compañía de telecomunicaciones. Pensaba mandar llamadas de auxilio a todos los amigos y conocidos de Mario y míos. Pero el ordenador intentó conectarse varias veces sin conseguirlo. Buscaba la línea con sonidos largos de desconsuelo, bufaba, paraba.

Yo apretaba los bordes del teclado, desviaba la mirada a un lado y a otro para no sentir la ansiedad. A veces los ojos se me iban al cuaderno aún abierto, a las frases subrayadas en rojo: «¿Dónde estoy? ¿Qué estoy haciendo? ¿Por qué?». Palabras de Ana motivadas por la estúpida sospecha de que el amante iba a traicionarla, a dejarla. Hay tensiones carentes de sentido que nos empujan a formular preguntas existenciales. El martilleo de Ilaria interrumpió durante un momento el hilo ansioso de los sonidos emitidos por el ordenador como si una anguila se hubiese deslizado por la habitación y la niña la estuviese haciendo pedazos. Resistí todo lo que pude, hasta que no aguanté más.

—¡Basta! —grité—, ¡deja de dar esos golpes!

Ilaria se quedó parada y con la boca abierta por la sorpresa.

—Ya te había dicho que quería parar.

Desconsolada, asentí con la cabeza. Carrano no había cedido, yo sí. No se había oído el menor signo de vida en todo el edificio. Actuaba sin criterio, no conseguía confiar en una estrategia. La única aliada que tenía en el mundo era aquella niña de siete años y me arriesgaba continuamente a estropear mi relación con ella.

Miré la pantalla del ordenador, no había conexión. Me levanté y me acerqué a la pequeña para abrazarla. Emití un largo gemido.

—¿Te duele la cabeza? —me preguntó.

—Ahora pasará todo.

—¿Te doy un masaje en las sienes?

—Sí.

Me quedé sentada en el suelo mientras Ilaria me frotaba las sienes con los dedos. Otra vez me estaba dejando llevar. ¿De cuánto tiempo pensaba que disponía? Gianni, Otto.

—Yo haré que se te pase —dijo—. ¿Estás mejor?

Hice un gesto afirmativo.

—¿Por qué te has puesto esa pinza en el brazo?

Volví en mí y vi la pinza. Me había olvidado de ella. El pequeño dolor que me causaba se había convertido en parte constitutiva de la carne. No servía de nada. Me la quité y la dejé en el suelo.

—Para recordar. Hoy todo se me va de la cabeza, no sé qué hacer.

—Yo te ayudo.

—¿En serio?

Me levanté y cogí del escritorio un abrecartas de metal.

—Ten esto —le dije—, y si ves que me distraigo, me pinchas.

La niña cogió el abrecartas y me observó con atención.

—¿Cómo puedo saber que te distraes?

—Te darás cuenta. Una persona distraída es una persona que no siente los olores, no siente las palabras, no siente nada.

Me enseñó el abrecartas.

—¿Y si tampoco sientes esto?

—Me pinchas hasta que lo sienta. Ven.

29

La llevé conmigo hasta el trastero y lo registré todo buscando una cuerda fuerte. Estaba segura de que tenía una, pero solo encontré un trozo enrollado de bramante para embalajes. Fui al vestíbulo, até a un extremo del bramante la corta barra de hierro que había dejado en el suelo delante de la puerta blindada, volví a la sala seguida de Ilaria y salí al balcón.

Me envistió una ráfaga de viento caliente que acababa de inclinar los árboles dejando atrás un murmullo de hojas enfadadas. Casi me faltó el aliento, el camisón se me pegó al cuerpo. Ilaria se agarró a mí como si tuviese miedo de salir volando. Había en el aire un denso olor a menta, a polvo, a corteza quemada por el sol.

Me asomé a la barandilla intentando ver el balcón de abajo, el de Carrano.

—¡Cuidado, que te caes! —dijo Ilaria, alarmada, tirándome del camisón.

La ventana estaba cerrada, no se oía más que el canto de algunos pájaros y un zumbido lejano de autobús. El río era una pista gris y vacía. Ni una sola voz humana. En las cinco plantas del edificio, abajo, a la derecha, a la izquierda, no advertí signos de vida. Afiné el oído para escuchar algo, música de radio, una canción, el parloteo de un programa de televisión. Nada, nada en los alrededores; por lo menos, nada que no fuese indistinguible de la crepitación periódica de las hojas que movía aquel extraño viento ardiente. Grité varias veces con voz débil; desde luego nunca había tenido una voz potente.

—¡Carrano! ¡Aldo! ¿No hay nadie? ¡Ayuda! ¡Ayúdenme!

No ocurrió nada. El viento me cortó de los labios las palabras como si las hubiese pronunciado con la boca llena de un líquido caliente.

Ilaria, visiblemente tensa, preguntó:

—¿Por qué tenemos que pedir ayuda?

No le contesté, no sabía qué decirle, solo farfullé:

—No te preocupes, nos ayudamos solas.

Saqué la barra de hierro fuera de la barandilla, la deslicé hacia abajo colgada de la cuerda y entonces comencé a transmitirle un movimiento oscilatorio con impulsos rápidos y decididos. Vi cómo la barra empezaba a balancearse a la altura del balcón de Carrano. En mi intento por darle el movimiento que quería me fui asomando cada vez más, mirando la barra como si quisiera hipnotizarme; veía aquel segmento oscuro, puntiagudo, que a un impulso volaba sobre el empedrado y al siguiente se escondía rozando la barandilla del vecino. Perdí enseguida el miedo a caerme, tenía la impresión de que la distancia entre mi balcón y la calle no era más grande que el largo de la cuerda. Quería romper los cristales de Carrano. Quería que la barra los destrozase y entrase en la casa, en el salón donde había estado yo la noche antes. Me entraron ganas de reír. Sin duda dormitaba pesadamente, un hombre a las puertas de la decadencia física, de erección incierta, un compañero ocasional e inepto para escalar el precipicio de las humillaciones. Al imaginarme cómo pasaba los días, sentí un arranque de desprecio hacia él. Sobre todo en las horas más calientes, el día debía de ser para él una larga siesta en penumbra, sudado, con la respiración pesada, haciendo tiempo para ir a tocar con alguna insignificante orquestilla, sin más esperanzas. Recordé su lengua áspera, el sabor salado de su boca. No volví en mí hasta que sentí la punta del abrecartas de Ilaria en el muslo derecho. Buena chica, atenta, sensible. Aquella era la señal táctil que necesitaba. Dejé que la cuerda se deslizara entre mis dedos y la barra se perdió a gran velocidad bajo el suelo de mi balcón. Oí un ruido de cristales rotos, la cuerda se rompió, vi cómo el hierro rodaba por las baldosas del balcón de abajo, chocaba con la barandilla, rebotaba de lado y se precipitaba en el vacío. Estuvo un buen rato cayendo, seguido de trozos brillantes de cristal, golpeando de piso en piso contra las barandillas de otros balcones iguales, un segmento negro cada vez más pequeño. Cuando aterrizó sobre el empedrado rebotó varias veces con un tintineo lejano.

Me eché hacia atrás, asustada. El abismo del quinto piso había recuperado de pronto su profundidad. Ilaria estaba bien sujeta a mi pierna. Esperé la voz ronca del músico, su cólera por el destrozo que le había provocado. Pero no hubo reacciones. Solo volví a oír los pájaros y las ráfagas de viento ardiente que nos embestían. La niña, mi hija, una auténtica invención de mi carne, me empujaba a la realidad.

—Lo has hecho muy bien —le dije.

—Si no te sujeto, te caes.

—¿No oyes nada?

—No.

—Entonces vamos a llamarlo. ¡Carrano, Carrano, ayuda!

Estuvimos gritando un rato las dos, pero Carrano seguía sin dar señales de vida. En cambio, nos respondió un largo y débil aullido. Podía tratarse de un perro de esos que la gente abandona en verano en la cuneta de una carretera, o quizá fuera Otto, quizá fuera precisamente Otto, el pastor alemán.

30

Volver a ponerme en movimiento, rápido, pensar soluciones. No rendirme ante la insensatez del día, mantener unidos los pedazos de mi vida como si fuesen partes de un dibujo. Hice un gesto a Ilaria para que me siguiera y le sonreí. Ahora era la reina de espadas, apretaba en su mano el abrecartas, se había tomado tan en serio su tarea que tenía los nudillos blancos.

Tal vez donde yo había fallado, ella podría conseguirlo, pensé. Volvimos a la entrada, frente a la puerta blindada.

—Intenta girar la llave —le pedí.

Ilaria se pasó el abrecartas de la mano derecha a la izquierda y alargó el brazo, pero no llegaba a la llave. Entonces la tomé en brazos.

—¿Giro hacia aquí? —preguntó.

—No, hacia el otro lado.

Manecita tierna, dedos de aire. Lo intentó una y otra vez, pero no tenía fuerza suficiente. No habría podido aunque la llave no estuviese atascada.

La dejé en el suelo. Ilaria estaba decepcionada porque no había podido cumplir el encargo que yo le había dado. En un arrebato imprevisto, la tomó conmigo.

—¿Por qué tengo que hacer cosas que deberías hacer tú? —me reprochó con rabia.

—Porque tú eres mejor que yo.

—¿Ya no sabes abrir la puerta? —se alarmó.

—No.

—¿Como aquella vez?

—¿Qué vez?

—La vez que fuimos al campo.

Sentí una larga punzada en el pecho. ¿Cómo podía acordarse? Entonces debía de tener como mucho tres años.

—A veces con las llaves eres muy tonta, y quedas fatal —añadió para aclararme que se acordaba muy bien.

Negué con la cabeza. No, en general con las llaves tenía buena relación. Solía abrir las puertas con gestos naturales, no sentía la angustia del obstáculo. No obstante, algunas veces, en especial con cerraduras desconocidas, como la de una habitación de hotel, por ejemplo, me perdía enseguida y, aunque me daba vergüenza, iba y venía de la recepción a la puerta, sobre todo cuando la llave era electrónica. ¡Qué ansiedad me provocaban las bandas magnéticas! Bastaba un pensamiento esquivo, el sentimiento de una posible dificultad, para que el gesto perdiera naturalidad de tal modo que a veces no conseguía abrir.

Las manos olvidaban, los dedos no tenían recuerdos de la posición justa, de la presión correcta. Como aquella vez. ¡Qué humillación sentí! Gina, la madre de la pequeña traidora Carla, nos había dejado las llaves de su casa de campo para que fuésemos con los niños. Gianni, Ilaria y yo salimos antes. Mario tenía trabajo y se reuniría con nosotros al día siguiente. Por la tarde, tras un par de horas al volante, nerviosa por el tráfico salvaje del fin de semana, por los niños, que no dejaban de pelearse, y por Otto, que todavía era un cachorro y aullaba sin parar, llegué al lugar en cuestión. Durante todo el camino había ido pensando en cómo estaba desperdiciando mi tiempo tontamente. Ya no podía leer, no escribía, no tenía un papel social que me permitiese disfrutar de mis propias relaciones, conflictos, simpatías. ¿Dónde estaba la mujer en que esperaba convertirme desde la adolescencia? Envidiaba a Gina, que entonces trabajaba con Mario. Siempre tenían temas de conversación. Mi marido hablaba con ella más que conmigo. Y ya empezaba a molestarme un poco Carla, que parecía tan segura de su destino que a veces incluso aventuraba críticas. Decía que me dedicaba demasiado a los niños, a la casa, elogiaba mi primer libro y exclamaba: «Yo, en tu lugar, pensaría ante todo en mi vocación». No solo era bellísima, sino que además su madre la había criado en la seguridad de un futuro brillante. Le parecía natural meter el hocico en todo, aunque solo tuviese quince años. A menudo quería darme lecciones y escupía sentencias sobre cosas de las que no tenía ni idea. Solo con oír su voz ya me ponía nerviosa.

Aparqué en el porche, muy agitada por mis pensamientos. ¿Qué hacía allí con los dos niños y el cachorro? Fui hasta la puerta e intenté abrir, pero no lo conseguí, por más que volví a intentarlo una y otra vez. Mientras tanto se hacía de noche. Gianni e Ilaria tiritaban de cansancio y de hambre, y yo no podía abrir la puerta. Pero no quería llamar a Mario, por orgullo, por soberbia, para evitarle tener que venir en mi ayuda después de un duro día de trabajo. Los niños y el perrito comieron unas galletas y se quedaron dormidos dentro del coche. Yo seguí intentándolo hasta que tuve los dedos doloridos, entumecidos. Cuando por fin desistí, me senté en un escalón y dejé que se me echase encima todo el peso de la noche.

A las diez de la mañana llegó Mario, pero no solo. Con él venían, para mi sorpresa, las dueñas de la casa. ¿Qué había pasado? ¿Cómo era posible? ¿Por qué no había llamado? Me expliqué con balbuceos, furibunda, porque mi marido, en aquella situación embarazosa, hacía bromas sobre mi incompetencia, me pintaba como una mujer de mucha fantasía que no sabe desenvolverse con las cosas prácticas, una idiota, en resumen. Entre Carla y yo hubo un prolongado intercambio de miradas; la suya me había parecido una mirada de complicidad, de entendimiento, como si quisiera decirme: rebélate, pon las cosas en su sitio, dile que eres tú la que se enfrenta cada día a la vida práctica, a las obligaciones, a la carga de los niños. Aquella mirada me sorprendió, pero evidentemente no entendí su verdadero significado. O puede que sí lo entendiese. Era la mirada de una chiquilla que se preguntaba cómo habría tratado ella a aquel hombre tan atractivo si hubiese estado en mi lugar. Gina, entretanto, fue a la puerta, metió la llave en la cerradura y abrió sin ningún problema.

La punta del abrecartas sobre la piel del brazo izquierdo me hizo volver a la realidad.

—Te has distraído —me dijo Ilaria.

—No, solo pensaba que tienes razón.

—¿Razón en qué?

—En eso. ¿Por qué no pude abrir la puerta aquella vez?

—Ya te lo he dicho, porque a veces eres tonta.

—Sí.

31

Sí, era tonta. Los canales de los sentidos se habían cerrado. Por ellos no corría ya el flujo de la vida, quién sabe desde cuándo. ¡Qué error había sido encerrar el significado de mi existencia en los ritos que Mario me ofrecía con prudente emoción conyugal! ¡Qué error había sido confiar el sentido de mi vida a sus gratificaciones, a sus arrebatos de entusiasmo, al recorrido cada vez más fructífero de su vida! ¡Qué error había sido, sobre todo, creer que no podía vivir sin él, cuando desde hacía tiempo tenía serias dudas de que con él estuviese viva! ¿Dónde estaba su piel bajo los dedos, por ejemplo?, ¿dónde el calor de mi boca? Si me hubiese analizado a fondo a mí misma —y siempre lo había evitado— habría tenido que admitir que mi cuerpo, en los últimos años, solo había estado realmente receptivo, realmente acogedor, en ciertas ocasiones oscuras, puras casualidades: el placer de volver a ver a un conocido ocasional que me había prestado atención, que había alabado mi inteligencia, mi talento, que me había rozado una mano con admiración; la alegre sorpresa de un encuentro inesperado por la calle, un antiguo compañero de trabajo; las guerrillas verbales, o los silencios, con un amigo de Mario que me había dado a entender que habría preferido ser, sobre todo, amigo mío; la complacencia por las atenciones de sentido ambiguo que había recibido en tantas ocasiones... Quizá sí o quizá no, más sí que no, por poco que hubiese querido; si hubiese marcado un número de teléfono con una buena excusa en el momento justo, ¿qué habría podido pasar?; la excitación de los acontecimientos de desenlace imprevisible.

Tal vez debería haber empezado por ahí cuando Mario me dijo que quería dejarme. Debería haber actuado a partir del hecho de que la figura atractiva de un hombre casi extraño, de un hombre casual, un «quizá» completamente embrollado pero gratificante, tenía la capacidad de, pongamos, dar sentido a un olor fugaz de gasolina o al tronco gris de un plátano en la ciudad, y dejar para siempre en aquel lugar fortuito de encuentro un sentimiento de intensa alegría, de expectativa; porque nada, absolutamente nada de Mario me provocaba ya la misma conmoción de terremoto, y a sus gestos solo les quedaba la capacidad de colocarse siempre en el sitio justo, en la misma red segura, sin desvíos, sin excesos. Si hubiese empezado por ahí, por aquellas emociones secretas, tal vez habría entendido mejor por qué él se había ido y por qué yo, que a la alteración ocasional de la sangre oponía siempre la estabilidad de nuestro orden de afectos, estaba experimentando tan violentamente la tristeza de la pérdida, un dolor insufrible, la angustia de precipitarme fuera de la trama de las certezas y tener que volver a aprender a vivir sin la seguridad de saber hacerlo.

Volver a aprender a girar la llave, por ejemplo. ¿Era posible que Mario, al marcharse, me hubiese arrancado de las manos también aquella habilidad? ¿Era posible que hubiese empezado a hacerlo ya entonces, aquella vez en el campo, cuando su entrega feliz a dos extrañas había empezado a herirme por dentro, a arrancarme la capacidad prensil de los dedos? ¿Era posible que la insatisfacción y el dolor hubiesen empezado entonces, mientras él me restregaba por las narices la felicidad de la seducción y yo le reconocía en la cara un placer que había rozado a menudo, pero que siempre había suspendido por miedo a destruir la seguridad de nuestra relación?

Ilaria, puntual, me dio varios pinchazos, creo, tan dolorosos que reaccioné con un brinco y ella se echó hacia atrás exclamando:

—¡Tú me lo has pedido!

Hice un gesto afirmativo. La tranquilicé con una mano y con la otra me froté la pantorrilla donde me había pinchado. Intenté abrir una vez más. No pude. Entonces me agaché y examiné de cerca la llave. Seguir buscando la impronta de los viejos gestos era un error. Tenía que desarticularla. Bajo la mirada estupefacta de Ilaria, acerqué la boca a la llave, la rocé con los labios, olfateé su olor a plástico y metal. Luego la mordí con fuerza e intenté hacer que girase. Lo hice con un golpe repentino, como si quisiera sorprenderla, imponerle reglas nuevas, una subordinación distinta. Ahora, a ver quién gana, pensé mientras me invadía la boca un sabor pastoso, salado. Pero no conseguí nada, solo la impresión de que el movimiento rotatorio que intentaba aplicar a la llave con los dientes, al no poder actuar sobre ella, estaba desahogándose en mi cara, desgarrándola como hace un abrelatas, y de que era mi dentadura la que se movía, la que estaba despegándose de la cara, arrastrando consigo el tabique nasal, una ceja, un ojo, y mostrando el interior viscoso de la cabeza, de la garganta.

Aparté inmediatamente la boca de la llave. Me pareció que la cara me colgaba toda a un lado como la cáscara de una naranja después de que el cuchillo la haya pelado en parte. ¿Qué me quedaba por probar? Tumbarme de espaldas, sentir el suelo frío contra la piel. Alargar las piernas desnudas contra el tablero de la puerta blindada, cerrar las plantas de los pies en torno a la llave y ajustar su espolón hostil entre los talones para intentar una vez más el movimiento preciso. Sí, no, sí. Por un momento me dejé llevar por la desesperación, que quería trabajarme a fondo, hacerme metal, madera, engranaje, como un artista que trabaja directamente en su cuerpo. Pero un instante después sentí en el muslo derecho, encima de la rodilla, el dolor agudo de una herida. Se me escapó un grito al comprender que Ilaria me había hecho un corte profundo.

32

L a vi retroceder aterrada con el abrecartas en la mano derecha.
—¿Te has vuelto loca? —le dije, volviéndome de repente con un gesto feroz.

—¡Es que no me oyes! —gritó—. ¡Te llamo y no me oyes, haces cosas feas, tuerces los ojos, se lo voy a decir a papá!

Me miré la raja profunda sobre la rodilla, el hilo de sangre. Le arranqué de los dedos el abrecartas y lo arrojé lejos, hacia la puerta abierta del trastero.

—Se acabó este juego —le dije—, no sabes jugar. Ahora quédate aquí y sé buena, no te muevas. Estamos encerradas en casa, estamos prisioneras, y tu padre jamás vendrá a salvarnos. Mira lo que me has hecho.

—Te mereces más todavía —protestó con los ojos llenos de lágrimas.

Intenté calmarme y respiré hondo.

—Ahora no te pongas a llorar, no te atrevas a ponerte a llorar…

Ya no sabía qué decir, no sabía qué más hacer. Creía haberlo intentado todo. Solo podía volver a delimitar los contornos de la situación y aceptarla.

Haciendo gala de una falsa capacidad para dar órdenes, dije:

—Tenemos en casa dos enfermos, Gianni y Otto. Tú ahora, sin

llorar, irás a ver cómo está tu hermano, y yo iré a ver cómo está Otto.

—Tengo que quedarme contigo y pincharte, me lo has dicho tú.

—Me he equivocado. Gianni está solo y necesita a alguien que le toque la frente, que le ponga otra vez las monedas refrescantes. Yo no puedo hacerlo todo.

La empujé por el pasillo y ella se rebeló:

—Y si te distraes, ¿quién te pincha?

Me miré el gran corte en la pierna, del que seguía brotando un hilo espeso de sangre.

—Tú llámame de vez en cuando, por favor. Eso será suficiente para que no me distraiga.

Lo pensó un segundo antes de decir:

—Pero hazlo rápido, que con Gianni me aburro, no sabe jugar.

Aquella última frase me dolió. Fue ese explícito reclamo al juego lo que me hizo comprender que Ilaria ya no quería jugar; empezaba a estar seriamente preocupada por mí. Yo tenía la responsabilidad de dos enfermos, pero ella estaba empezando a percibir que los enfermos que tenía a su cargo éramos tres. Pobre, pobre pequeña. Se sentía sola, esperaba en secreto a un padre que no llegaba, ya no conseguía mantenerse dentro de los límites del juego en aquel desastre de día. De repente me había dado cuenta de su angustia y la estaba sumando a la mía. ¡Qué mutable es todo, qué poco firme! A cada paso que daba hacia el cuarto de Gianni, hacia el de Otto, temía sentirme mal y ofrecerle un espectáculo de derrota. Debía mantener la cordura y la claridad de la memoria. Van siempre juntas, son el binomio de la salud.

Empujé a la niña dentro de la habitación y eché un vistazo a Gianni, que seguía durmiendo. Salí y cerré con llave la puerta mediante un gesto nítido, de gran naturalidad. A pesar de que Ilaria protestó, me llamó y golpeó la puerta con las manos, la ignoré y fui a la habitación donde yacía Otto. No sabía qué le pasaba al perro. Ilaria lo amaba con locura, y no quería que asistiese a escenas horribles. Protegerla, sí. La certeza de esta preocupación me sentó bien. Me pareció un buen síntoma que la fría responsabilidad de tutelar a mis hijos se hubiese convertido poco a poco en una necesidad imprescindible para mí, en mi principal obligación.

En el cuarto del perro, bajo el escritorio de Mario, se había instalado el olor de la muerte. Entré con precaución. Otto estaba inmóvil, no se había movido ni un milímetro. Me acurruqué a su lado y luego me senté en el suelo.

Lo primero que vi fueron las hormigas. Habían llegado hasta allí y estaban explorando el territorio fangoso que se extendía junto al lomo del perro. Pero Otto no se inmutaba. Estaba como encanecido. Era una isla desteñida con la respiración de la agonía. El hocico parecía corroído por la saliva verdosa de las fauces, por la materia que lo rodeaba; daba la impresión de estar hundiéndose en ella. Tenía los ojos cerrados.

—Perdóname —le dije.

Le pasé la palma de la mano por el pelo del cuello y se estremeció. Luego abrió la boca y emitió un gruñido amenazador. Quería que me perdonase por lo que tal vez le había hecho, por lo que no había sido capaz de hacer. Tiré de él hacia mí y apoyé su cabeza en mis piernas. Emanaba un calor enfermizo que se me metía en la sangre. Movió solo un poco las orejas, la cola. Pensé que podía ser un buen indicio, pues la respiración también me pareció menos afanosa. Las grandes manchas de baba reluciente que parecían esmalte extendido en torno al borde negro de la boca parecieron cuajarse, como si el pobre animal ya no necesitase producir aquellos humores de sufrimiento.

Qué insoportable es el cuerpo de un ser vivo que lucha con la muerte, y en un momento parece que gana, y al siguiente que pierde.

No sé cuánto tiempo estuvimos así. Su respiración se aceleraba de repente como cuando estaba sano y se agitaba por las ganas de jugar, de correr al aire libre, de recibir comprensión y caricias, y luego de improviso se hacía imperceptible. El cuerpo también alternaba momentos de temblor y espasmos con momentos de inmovilidad absoluta. Noté cómo sus últimas fuerzas se le escapaban poco a poco. Me vino a la mente un goteo de imágenes pasadas: sus carreras entre las minúsculas gotas brillantes del agua pulverizada por los aspersores del parque, su curiosidad al escarbar entre las matas, su manera de seguirme por la casa cuando esperaba que le diese comida. Aquella proximidad con la muerte real, aquella herida sangrante de su sufrimiento hizo que de golpe, inesperadamente, me avergonzase de mi dolor de los últimos meses, sobre todo de aquel día irreal. Sentí que la habitación recuperaba el orden, que la casa volvía a unir sus pedazos, que el suelo era otra vez firme, que el día caluroso se echaba sobre todas las cosas como cola transparente.

¿Cómo había podido dejarme llevar de aquel modo, desintegrar así mis sentidos, el sentido de estar viva? Acaricié a Otto entre las orejas y él abrió los ojos descoloridos y me miró. Le vi la mirada del perro amigo que, en lugar de acusarme, pedía perdón por su estado. Luego un dolor intenso le oscureció las pupilas, los dientes le rechinaron y me ladró sin ferocidad. Poco después se murió en mi regazo, y rompí a llorar con un llanto incontenible, como no había llorado en todos aquellos días, en aquellos meses.

Cuando los ojos se me secaron y el último de los sollozos agonizó en mi pecho, me di cuenta de que Mario había vuelto a ser el buen hombre que tal vez había sido siempre. Ya no lo amaba.

33

Apoyé la cabeza del perro en el suelo y me levanté. Volvió, poco a poco, la voz de Ilaria, que me llamaba, y luego se le sumó la de Gianni. Miré a mi alrededor. Vi las heces negras de sangre, las hormigas, el cuerpo muerto. Dejé el estudio y fui por el cubo y la fregona. Abrí de par en par las ventanas y limpié la habitación deprisa y con eficiencia. Grité a los niños varias veces:

—Un momento, voy enseguida.

No me pareció bien dejar a Otto allí. No quería que los niños lo viesen. Intenté levantarlo, pero no encontré las fuerzas necesarias, así que lo agarré por las patas de atrás y lo arrastré hasta la sala, y luego hasta el balcón. ¡Cuánto pesa un cuerpo que ha sido atravesado por la muerte! La vida es ligera, y nadie pretende hacérsela pesada. Me quedé mirando el pelo del perro movido por el viento, luego entré y, a pesar del calor, cerré la ventana.

La casa estaba en silencio. Ahora me parecía pequeña, recogida, sin rincones oscuros, sin sombras, casi alegre por las voces de los niños, que habían empezado a llamarme jugando entre ellos con risas socarronas. Ilaria decía «mamá» con voz de soprano y Gianni repetía la palabra con voz de tenor.

Fui a pasos rápidos hasta su cuarto, abrí la puerta con gesto seguro y dije alegremente:

—Ya está aquí mamá.

Ilaria se me echó encima y empezó a darme pellizcos y manotazos en las piernas.

—¡No tenías por qué encerrarme aquí dentro!

—Es verdad, perdóname. Bueno, ya te he abierto.

Me senté en la cama de Gianni. Seguramente le estaba bajando la fiebre. Se le veía en la cara que estaba deseando ponerse a jugar de nuevo con su hermana: gritos, risas, peleas furiosas. Le toqué la frente, las gotas habían hecho efecto, la piel estaba tibia, casi no sudaba.

—¿Todavía te duele la cabeza?

—No. Tengo hambre.

—Te preparé un poco de arroz.

—No me gusta el arroz.

—A mí tampoco —precisó Ilaria.

—El arroz que yo hago está muy bueno.

—¿Y Otto dónde está? —preguntó Gianni.

Dudé.

—Está durmiendo, dejadlo en paz.

Y estaba a punto de añadir algo más, algo sobre la grave enfermedad del perro, algo que los preparase para la noticia de que había desaparecido de sus vidas, cuando, de forma totalmente inesperada, escuché la descarga eléctrica del timbre.

Nos quedamos los tres como en suspenso, sin movernos.

—Papá —murmuró Ilaria, llena de esperanza.

—No creo, no es papá —dije—. Quedaos aquí, os prohíbo que os mováis. Pobre del que salga de este cuarto. Voy a abrir.

Reconocieron mi tono habitual, firme pero también irónico, palabras intencionadamente excesivas para situaciones sin importancia. También lo reconocí yo. Lo acepté, lo aceptaron.

Recorrí el pasillo hasta la puerta de entrada. ¿Era posible que de verdad Mario se hubiese acordado de nosotros?

La pregunta no me produjo ninguna emoción. Solo pensé que me gustaría tener a alguien con quien hablar.

Miré por la mirilla. Era Carrano.

—¿Qué quieres? —pregunté.

—Nada. Solo quería saber cómo estabas. He salido esta mañana temprano para ir a ver a mi madre y no he querido molestarte. Pero ahora, al volver, he encontrado un cristal roto. ¿Ha pasado algo?

—Sí.

—¿Necesitas ayuda?

—Sí.

—¿Y no puedes abrirme, por favor?

No sabía si podía, pero no se lo dije. Alargué la mano hacia la llave, la sujeté con decisión entre los dedos y la moví un poco, la sentí dócil. La llave giró con facilidad.

—Bueno —murmuró Carrano al verme. Parecía incómodo. Luego sacó de detrás de la espalda una rosa, una única rosa de tallo largo, una ridícula rosa ofrecida con gesto ridículo por un hombre nervioso.

La acepté, le di las gracias sin sonreír y añadí:

—Tengo un trabajo sucio para ti.

34

Carrano fue muy amable. Envolvió a Otto en un plástico grande que tenía en el sótano, lo cargó en su coche y se fue a enterrarlo fuera de la ciudad, después de dejarme su móvil.

Llamé enseguida al pediatra y tuve suerte; lo encontré, a pesar de que estábamos en agosto. Mientras le contaba con detalle los síntomas del niño, sentí que el pulso se me aceleraba. Los latidos eran tan fuertes que temí que el doctor los oyese a través del teléfono. Mi corazón empezaba a hincharse de nuevo en el pecho, ya no estaba vacío.

Hablé con el médico un buen rato, esforzándome por ser precisa. Mientras tanto, paseé por la casa comprobando las distancias, rozando los objetos; y a cada leve contacto con un adorno, un cajón, el ordenador, los libros, los cuadernos, el pomo de una puerta, me repetía: «Lo peor ya ha pasado».

El pediatra me escuchó en silencio. Aseguró que no tenía de qué preocuparme respecto a Gianni y dijo que pasaría a verlo por la noche. Entonces fui al baño y me di una larga ducha fría. Las agujas de agua me pincharon la piel. Sentí toda la oscuridad de los últimos meses, de las últimas horas. Al salir de la ducha vi los anillos que había dejado por la mañana en el borde del lavabo, me puse en el dedo el del aguamarina y, sin dudar ni un momento, tiré la alianza al inodoro. Examiné la herida que Ilaria me había hecho con el abrecartas. La desinfecté y la cubrí con una gasa. Luego me dediqué a separar con calma la ropa blanca de la de color y puse la lavadora. Deseaba la certeza plana de los días normales, aunque era consciente, casi demasiado, de que seguía tendiendo a un frenético movimiento ascendente, a un salto, como si hubiese visto en el fondo de un agujero un horrible insecto venenoso y no pudiese dejar de sacudir todo mi cuerpo, de agitar los brazos, las manos, de patalear. Tengo que aprender, me dije, el paso tranquilo de quien cree saber hacia dónde va y por qué.

De modo que me concentré en los niños. Tenía que decirles que el perro había muerto. Elegí con cuidado las palabras y utilicé el tono de los cuentos, pero aun así Ilaria lloró mucho y Gianni, aunque se limitó en un primer momento a poner una expresión torva y a decir con un leve eco de amenaza en el tono que había que informar a Mario, poco después empezó a quejarse de nuevo del dolor de cabeza, de las ganas de vomitar.

Estaba todavía intentando consolarlos a ambos cuando regresó Carrano. Lo dejé entrar, pero lo traté con frialdad, pese a su actitud servicial. Los niños no hacían más que llamarme desde su cuarto. Estaban tan convencidos de que había sido él quien había envenenado al perro que no querían de ninguna manera que pusiera los pies en casa ni que yo le dirigiese la palabra.

Por mi parte, sentí repulsión al percibir el olor a tierra removida que desprendía su cuerpo, y a sus frases tímidamente confidenciales respondí con monosílabos que parecían las gotas lentas de un grifo que cierra mal.

Quiso informarme sobre la sepultura del perro, pero al ver que no estaba interesada ni en la ubicación de la fosa ni en los detalles del triste encargo, como él lo llamó, y además lo interrumpía continuamente gritando a los niños «¡Silencio, ahora voy!», se puso nervioso y dejó el tema. Para tapar las voces ruidosas de Ilaria y Gianni empezó a hablarme de su madre, de los problemas que le daba ocuparse de ella. Era muy mayor. Continuó así hasta que le dije que los hijos de madres longevas tienen la desgracia de no saber realmente lo que es la muerte y, en consecuencia, de no emanciparse nunca. Le sentó mal y se despidió con evidente disgusto.

En lo que quedó de día no intentó volver a verme. Dejé que su rosa se marchitase en un pequeño jarrón que había sobre el escritorio, el cual había carecido de flores desde la lejana época en que Mario, por mi cumpleaños, me regalaba una orquídea imitando a Swann, el personaje de Proust. Por la noche la corola ya estaba negruzca y reclinada sobre el tallo. La tiré a la basura.

El pediatra llegó después de la cena. Era un anciano delgadísimo que a los niños les resultaba muy simpático porque cuando los visitaba siempre les hacía reverencias y los llamaba señor Giovanni, señorita Illi.

—Señor Giovanni —dijo—, muéstreme inmediatamente la lengua.

Lo examinó a conciencia y atribuyó la causa de su indisposición a un virus de verano que causaba trastornos intestinales, aunque no excluyó la posibilidad de que Gianni hubiese comido algo en mal estado, por ejemplo un huevo, o, como me dijo luego en el salón, en voz baja, que hubiese reaccionado así a un gran disgusto.

Cuando se sentó ante mi escritorio y se disponía a escribir la receta, le hablé con serenidad, como si estuviésemos acostumbrados a semejantes confidencias, de la ruptura con Mario, del horrible día que había pasado, de la muerte de Otto. Me escuchó con atención y paciencia, negó con la cabeza en señal de desaprobación y prescribió fermentos lácticos y mimos para ambos niños, tisana de la normalidad y reposo para mí. Prometió que volvería al cabo de unos días.

35

Fue una noche de sueño largo y profundo.

A partir del día siguiente me dediqué con ahínco a cuidar de los niños. Tenía la impresión de que me vigilaban atentamente para descubrir si había vuelto a ser la madre de siempre o si debían esperar nuevas transformaciones repentinas, así que puse todo mi empeño en tranquilizarlos. Les leí libros de cuentos, jugué con ellos durante horas a juegos aburridos, exagerando el punto de felicidad con el que mantenía a raya los coletazos de desesperación. Ninguno de los dos, quizá de común acuerdo, volvió a mencionar a su padre, ni siquiera para repetir que había que contarle la muerte de Otto. Me daba angustia pensar que lo evitaban porque tenían miedo de herirme y hacer que perdiera otra vez la cabeza. Por eso empecé a sacar a colación a Mario, contando viejas historias en las que había estado muy gracioso o había demostrado gran inventiva y agudeza, o se había hecho el valiente en situaciones peligrosas. No sé qué impresión les causaron esas historias; desde luego las escuchaban absortos, y a veces sonreían complacidos. A mí me provocaban una sensación de fastidio. Mientras las contaba, sentía que me molestaba seguir guardando a Mario entre mis recuerdos.

Cuando el pediatra volvió a los pocos días, encontró a Gianni en plena forma, restablecido por completo.

—Señor Giovanni —le dijo—, tiene usted un color muy rosado. ¿Está seguro de no haberse convertido en un cerdito?

En el salón, cuando me hube asegurado de que los niños no podían oírnos, le pregunté si Gianni podía haberse intoxicado con el insecticida para las hormigas que la noche anterior había echado por la casa. Quería aclararme a mí misma hasta qué punto debía sentirme culpable. El pediatra lo negó, aduciendo que Ilaria no había tenido molestias de ningún tipo.

—¿Y el perro? —le pregunté, enseñándole el aerosol mordisqueado y sin el pulsador que permite nebulizar el veneno.

Lo examinó, con aire perplejo, y concluyó que no podía avanzar un diagnóstico definitivo. Al final, volvió al cuarto de los niños y se despidió de ellos con una reverencia.

—Señorita Illi, señor Giovanni, me retiro con auténtico pesar. Espero que vuelvan a enfermar pronto para poder verlos de nuevo.

Los niños se sintieron seguros con aquella frase. Durante días estuvieron intercambiando continuas reverencias, diciendo señor Giovanni, señora mamá, señorita Illi. Mientras tanto, para consolidar a su alrededor el clima de bienestar, intenté volver a los gestos habituales, como un enfermo después de una larga estancia en el hospital, que para vencer el miedo a la recaída quiere unirse a toda prisa a la vida de los sanos. Volví a cocinar, me esforcé en estimularles el apetito con nuevas recetas, incluso me dediqué a hacer pasteles, pero para la repostería no tenía vocación, no tenía habilidad.

36

No siempre estuve a la altura del aspecto amable y eficiente que quería mostrar. Ciertos indicios me mantenían alarmada. Todavía me olvidaba la olla en el fuego y ni siquiera advertía el olor a quemado. Sentía unas náuseas que nunca había experimentado cuando los trozos de perejil se mezclaban con las pieles rojas de los tomates, flotando en el agua grasienta del fregadero atascado. No era capaz de recuperar la antigua desenvoltura respecto a los restos pegajosos de comida que los niños dejaban en el mantel o en el suelo. A veces rallaba queso, y el gesto se volvía tan mecánico, tan distante e independiente, que el metal me cortaba las uñas y la piel de las yemas de los dedos. Además, me encerraba en el baño —cosa que nunca había hecho— y exponía mi cuerpo a análisis largos, puntillosos, obsesivos. Me palpaba los senos, recorría con los dedos los pliegues de carne que me arrugaban la barriga, me examinaba en un espejo el sexo para ver lo ajado que estaba, comprobaba si empezaba a tener papada, si el labio superior presentaba arrugas. Temía que el esfuerzo que había realizado para no perder la razón me hubiera envejecido. Tenía la impresión de que había perdido pelo, las canas habían aumentado, tendría que teñírmelo, lo notaba grasiento, me lo lavaba continuamente y luego lo secaba con mil trucos.

Pero eran sobre todo las imágenes imperceptibles de la mente, las sílabas débiles lo que me daba miedo. Bastaba un pensamiento que se me escapaba, un pequeño salto violáceo de significados, un jeroglífico verde del cerebro, para que reapareciese el malestar y me generase pánico. Me asustaba que en determinados rincones de la casa volviesen de repente las sombras demasiado densas y húmedas con sus propios ruidos, los movimientos rápidos de masas oscuras. En esas ocasiones me sorprendía encendiendo y apagando el televisor de forma mecánica, solo para tener compañía, o canturreaba una nana en mi dialecto de la infancia, o sentía una pena insoportable al ver el cuenco vacío de Otto junto al frigorífico, o me atacaba un amodorramiento injustificado y al salir de él me encontraba tumbada en el sofá acariciándome los brazos, arañándomelos levemente con el filo de las uñas.

Por otra parte, en aquella fase me ayudó mucho descubrir que había recuperado los buenos modales. El lenguaje obsceno desapareció de golpe. No volví a sentir el impulso de usarlo, me avergonzaba haberlo usado. Retrocedí hasta una lengua libresca, estudiada, un tanto farragosa, que no obstante me proporcionaba seguridad y distancia. De nuevo controlaba el tono de voz, la rabia se posó en el fondo y dejó de cargar las palabras. En consecuencia, mis relaciones con el mundo exterior mejoraron. Conseguí, con la tozudez de la amabilidad, que el teléfono funcionase de nuevo, e incluso descubrí que el viejo móvil tenía arreglo. Un joven empleado de una tienda que encontré milagrosamente abierta me enseñó lo fácil que era encajarlo bien. Hasta yo habría podido hacerlo.

Para evitar el aislamiento, pasé a realizar una serie de llamadas. Quería recobrar el contacto con conocidos que tuviesen hijos de edades parecidas a las de Ilaria y Gianni, y organizar excursiones de un día o dos para que se resarcieran de aquellos meses negros. De llamada en llamada me di cuenta de la gran necesidad que tenía de liberar mi carne encallecida por medio de sonrisas, palabras y gestos cordiales. Reanudé mi relación con Lea Farraco y reaccioné con mucha desenvoltura cuando un día vino a verme con la expresión contenida de quien tiene algo urgente y delicado que decir. Estuvo dando largas a la conversación, según su costumbre, y no la apremié, no manifesté ansiedad. Después de asegurarse de que yo no iba a empezar a despotricar, me aconsejó que fuese razonable, me dijo que una relación puede acabar, pero nada puede privar a un padre de sus hijos ni a unos hijos de su padre, y cosas por el estilo. Hasta que concluyó:

—Deberías fijar unos días para que Mario pueda ver a los niños.

—¿Es él quien te manda? —pregunté sin agresividad. A disgusto admitió que sí—. Dile que cuando quiera verlos no tiene más que llamar.

Sabía que tendría que encontrar con Mario el tono justo de nuestra relación futura, aunque solo fuese por Ilaria y Gianni, pero no me apetecía. Hubiese preferido no volver a verlo más. Esa noche, antes de dormirme, sentí que de los armarios seguía saliendo su olor, brotaba del cajón de su mesilla, de las paredes, del zapatero. En los meses anteriores, aquella señal olfativa me había causado nostalgia, deseo, rabia. Ahora lo asociaba a la agonía de Otto y ya no me conmovía. Descubrí que era como el recuerdo del olor de un viejo que te restriega en el autobús las ganas de su carne moribunda. Aquello me fastidió, me deprimió. Esperé a que aquel hombre que había sido mi marido reaccionase al mensaje que le había enviado, pero sin tensiones, solo con resignación.

37

Mi obsesión más persistente fue Otto. Me enfadé muchísimo cuando un mediodía pesqué a Gianni poniéndole a su hermana en el cuello el collar del perro y, mientras ella ladraba, él le gritaba tirando de la correa: «Quieta, túmbate, si no te estás quieta te daré una patada». Requisé el collar, la correa y el bozal, y me encerré en el baño muy alterada. Sin embargo, una vez allí, con un movimiento imprevisto, como si fuera a probarme en el espejo un ornamento tardopunk, intenté ponerme el collar al cuello. Cuando me di cuenta de lo que estaba haciendo, me eché a llorar y corrí a tirar todo aquello a la basura.

Una mañana de septiembre, mientras los niños jugaban en el jardín de rocalla del parque y a ratos se peleaban con otros niños, creí ver a nuestro perro, exactamente él, que pasaba corriendo. Yo estaba sentada en un banco a la sombra de una gran encina, cerca de una fuente bajo cuyo chorro permanente saciaban la sed las palomas, entre las gotas que rebotaban en su plumaje. Trataba de escribir, con mucha dificultad, y tenía una percepción inestable de lo que me rodeaba. Solo escuchaba el murmullo de la fuente, de la pequeña cascada entre las rocas, del agua entre las plantas acuáticas. De repente, con el rabillo del ojo vi la sombra larga y fluida de un pastor alemán que corría por la hierba. Durante unos segundos estuve segura de que se trataba de Otto, que volvía del reino de los muertos. Pensé que otra vez se estaba descomponiendo algo dentro de mí y me entró pánico. Pero me di cuenta enseguida de que en realidad aquel pastor, un animal extraño, no tenía nada que ver con nuestro pobre perro. Solo quería hacer lo que Otto hacía a menudo después de una larga carrera por la hierba: beber agua. Efectivamente, fue hasta la fuente, provocando la desbandada de las palomas, ladró a las avispas que zumbaban en el borde del pilón y rompió con su ávida lengua violácea el chorro luminoso del caño. Yo cerré mi cuaderno y me quedé mirándolo. Me conmovió. Era más voluminoso, más gordo que Otto. Me pareció incluso de índole menos noble, pero me enterneció igualmente. A un silbido del amo acudió sin dudar y las palomas volvieron a jugar con el chorro de agua.

Al mediodía busqué el número del veterinario, un tal Morelli, al que Mario llevaba a Otto cuando era necesario. No había tenido ocasión de conocerlo, pero mi marido siempre me había hablado de él con entusiasmo. Era hermano de un profesor del Politécnico amigo suyo. Lo llamé, fue muy amable. Tenía una voz profunda, casi recitativa, como la de los actores en las películas. Me dijo que pasara por su consulta al día siguiente. Dejé a los niños con unos conocidos y fui.

El veterinario dirigía también la clínica, anunciada con un neón azul que estaba encendido día y noche. Descendí por una larga escalera y me encontré en un pequeño recibidor con un olor muy fuerte y bien iluminado. Me recibió una chica morena que me indicó que esperase en la salita lateral; el doctor estaba operando.

En la salita había varias personas esperando, unas con perros, otras con gatos. Una mujer de unos treinta años tenía en el regazo un conejo negro al que acariciaba sin parar con un movimiento mecánico de la mano. Pasé el rato estudiando un tablón de anuncios en el que las propuestas de apareamiento entre animales con pedigrí alternaban con descripciones detalladas de perros o gatos perdidos. De vez en cuando llegaba gente que quería noticias del animal querido: uno preguntaba por su gato, ingresado para unas pruebas, otro por un perro sometido a quimioterapia; una señora sufría por su caniche que agonizaba. En aquel lugar el dolor cruzaba la frágil frontera de lo humano y se extendía sobre el vasto mundo de los animales domésticos. Sentí un leve mareo y me empapé de un sudor frío cuando reconocí en el aire estancado de la habitación el olor del sufrimiento de Otto y el conjunto de sensaciones desagradables que me sugería desde su muerte. De pronto, la responsabilidad que me atenazaba por la muerte del perro adquirió dimensiones gigantescas. Pensé que había sido una imprudente. Mi malestar iba en aumento. Ni siquiera la tele encendida en un rincón, que transmitía las últimas noticias sobre las acciones crueles de los hombres, pudo atenuar mi sentimiento de culpa.

Pasó más de una hora antes de que me atendiera. No sé por qué, pero me había imaginado que me encontraría frente a un energúmeno gordo con la bata llena de sangre, las manos peludas y una cara ancha y cínica. En cambio, me recibió un hombre alto, de unos cuarenta años, delgado, de cara agradable, ojos azules y pelo rubio sobre la frente amplia, limpio en cada palmo del cuerpo y de la mente, como saben parecer los médicos, y además con los modales del caballero que cultiva su espíritu melancólico mientras el viejo mundo se derrumba a su alrededor.

El veterinario escuchó atentamente mi descripción de la agonía y la muerte de Otto. Solo me interrumpía de vez en cuando para sugerirme el término científico que a su juicio daba más crédito a mi léxico abundante e impresionista. Tialismo. Disnea. Fasciculación muscular. Incontinencia fecal y urinaria. Convulsiones y ataques epilectoides. Su conclusión fue que lo que había matado al perro había sido casi con toda seguridad la estricnina. No excluyó por completo el insecticida, sobre el que insistí muchas veces, pero se mostró escéptico. Pronunció términos oscuros del tipo diacodión y fenal; finalmente negó con la cabeza y diagnosticó:

—No, yo diría que fue estricnina.

Como me había ocurrido con el pediatra, también con él se apoderó de mí el impulso de contarle la situación extrema que había vivido. Tenía una fuerte tendencia a describir con precisión lo que había ocurrido aquel día, me daba seguridad. Estuvo escuchándome sin dar muestras de impaciencia y mirándome a los ojos con expresión atenta. Al final me dijo en un tono muy sosegado:

—Su única culpa es la de ser una mujer muy sensible.

—También el exceso de sensibilidad puede ser malo —repliqué.

—Aquí lo único malo es la insensibilidad de Mario —respondió, señalándome con la mirada que comprendía mis razones y consideraba insustanciales las de su amigo. Incluso me contó algún que otro chisme sobre ciertas maniobras oportunistas que mi marido estaba haciendo para obtener no sé qué trabajo y que él había sabido por su hermano. Me sorprendió mucho, no conocía aquella faceta de Mario. El veterinario sonrió con dientes regularísimos y añadió—: Aunque, por otro lado, es un hombre con muchas cualidades.

Aquella última frase fue un salto elegante de la acusación al cumplido. Me pareció tan lograda que pensé que la normalidad adulta era un arte exactamente de esa clase. Tenía que aprender.

38

Aquella tarde, cuando regresé a casa con los niños, por primera vez desde el abandono sentí su calidez cerrada, confortable, y bromeé con mis hijos hasta que los convencí de que se lavaran y se metieran en la cama. Ya me había desmaquillado y estaba a punto de irme a dormir cuando oí que llamaban a la puerta con los nudillos. Miré por la mirilla y vi a Carrano.

Desde la noche en que había enterrado a Otto me había cruzado con él pocas veces, y siempre con los niños, siempre para decirnos solo buenos días. Tenía su habitual aspecto de hombre descuidado, con la espalda encorvada como si se avergonzase de su altura. Mi primer impulso fue no abrirle, pues me pareció que podía empujarme de nuevo a la angustia. Pero luego noté que se había peinado de otra forma, sin raya, y tenía el cabello gris recién lavado. Pensé en el tiempo que habría empleado en mejorar su aspecto antes de decidirse a subir la escalera y ponerse delante de mi puerta. Además, había llamado con los nudillos para no despertar a los niños con el ruido del timbre. Giré la llave y abrí.

Me enseñó enseguida, con gesto incierto, una botella de pinot blanco frío. Destacó, un tanto alterado, que se trataba del mismo pinot de Buttrio, de la cosecha de 1998, que le había llevado yo cuando había ido a su casa. Le dije que en aquella ocasión yo había cogido una botella cualquiera, que no había pretendido indicar mis preferencias. Además, los vinos blancos no me gustaban, me daban dolor de cabeza.

Se encogió de hombros y se quedó allí, en la entrada, con la botella en la mano, cubierta de una escarcha que empezaba a condensarse en gotas. La cogí mientras se lo agradecía débilmente, le indiqué el salón y fui a la cocina a buscar el sacacorchos. Cuando regresé, lo encontré sentado en el sofá, jugueteando con el bote mordisqueado del insecticida.

—El perro lo hizo polvo —comentó—. ¿Por qué no lo tiras?

Eran palabras inofensivas para romper el silencio, pero me molestó que nombrase a Otto. Le serví un vaso y dije:

—Bebe y te vas. Es tarde, estoy cansada. —Se limitó a hacer un gesto afirmativo con actitud de bochorno, pero seguramente pensó que no lo decía en serio; esperaba que poco a poco me volviese más hospitalaria, más condescendiente. Solté un largo suspiro de descontento y añadí—: Hoy he consultado a un veterinario y me ha dicho que Otto murió envenenado por estricnina.

Negó con la cabeza con aire de franca desolación.

—La gente a veces es muy mala —murmuró. Por un instante pensé que aludía incoherentemente al veterinario, pero enseguida comprendí que se refería a la gente que visitaba el parque. Lo miré con atención.

—¿Y tú? Amenazaste a mi marido, le dijiste que envenenarías al perro. Los niños me lo han contado.

Le vi en la cara estupor y luego un verdadero disgusto. Dibujó en el aire un gesto de angustia, como si quisiera apartar mis palabras, y farfulló deprimido:

—No quería decir eso, me malinterpretó. La amenaza de envenenar al perro la había escuchado en el parque. A ti también te lo dije… —Al llegar a ese punto, el enfado dio a su voz un tono áspero—: Por otra parte, sabes muy bien que tu marido se cree el amo del mundo.

Me pareció inútil decirle que no lo sabía en absoluto. De mi marido me había hecho otra idea; además, al irse me había dejado vacía, se había llevado el sentido que le había dado a mi vida durante mucho tiempo. Había ocurrido de repente, como cuando en las películas se abre una fuga en un avión que vuela a gran altura. Ni siquiera me había dado tiempo a retener un mínimo sentimiento de simpatía.

—Tiene los mismos defectos que todo el mundo —murmuré—, es uno de tantos. A veces somos buenos y a veces, abominables. ¿Cuando fui a tu casa no hice cosas vergonzosas que jamás habría imaginado? Fueron acciones sin amor, sin deseo siquiera, pura rabia. Y, sin embargo, no soy una mujer particularmente mala.

Tuve la impresión de que le había hecho mucho daño con aquellas palabras.

—¿Yo no te importaba nada? —dijo espantado.

—No.

—¿Y ahora tampoco te importo?

Negué con la cabeza e intenté esbozar una sonrisa que lo indujese a tomar la situación como un accidente cualquiera de la vida, como si hubiese perdido en un juego de cartas.

Dejó el vaso y se levantó.

—Para mí aquella noche fue muy importante —dijo—, y ahora lo es más aún.

—Lo siento.

Torció la boca en una sonrisa cínica y negó con la cabeza. Yo no lo sentía en absoluto, era solo una manera de hablar para cortar por lo sano.

—Eres igual que tu marido. Claro, habéis estado tanto tiempo juntos... —murmuró.

Se dirigió a la puerta y yo lo seguí con apatía. En el umbral me dio el aerosol, que todavía llevaba en las manos. Creí que daría un portazo al salir, pero cerró la puerta con suavidad.

39

La manera en que había terminado aquel encuentro me atormentó. Dormí mal. Decidí reducir al mínimo los contactos con él. Había conseguido herirme con unas pocas palabras. Cuando me cruzaba con él en la escalera, respondía a duras penas a su saludo y seguía adelante. Sentía su mirada ofendida y deprimida en la nuca y me preguntaba cuánto duraría aquel fastidio de tener que esquivar las expresiones de pena, las súplicas mudas del vecino. De todas formas lo tenía merecido, había sido muy desconsiderada con él.

No obstante, las cosas tomaron muy pronto otro cariz. Día a día, Carrano ponía mucho cuidado en eludir cualquier encuentro, aunque manifestaba su presencia con señales de devoción a distancia. Un día encontraba delante de mi puerta una bolsa de la compra que con las prisas había olvidado en el portal, otro día era un periódico o un bolígrafo que me había dejado en un banco del parque. No quise agradecérselo. Sin embargo, empezaron a rondarme por la cabeza algunas frases de nuestra última conversación, y a fuerza de pensar en ellas descubrí que lo que me había molestado en concreto era la acusación directa de parecerme a Mario. No pude deshacerme de la impresión de que me había arrojado a la cara una verdad desagradable, mucho más desagradable de lo que él mismo podía llegar a pensar. Aquella idea me rondó en la mente durante semanas, sobre todo porque, con el comienzo de las clases, sin la presencia de los niños, me vi de nuevo con tiempo libre para devanarme los sesos.

Pasé las cálidas mañanas del principio del otoño sentada en el banco del jardín de rocalla, escribiendo. En principio eran apuntes para un posible libro, al menos así lo llamaba yo. Quería arrancarme la piel —me decía— para observarme a mí misma con precisión y malicia, analizar el mal de aquellos meses horribles hasta el fondo. En realidad todo giraba en torno a la pregunta que me había sugerido Carrano: ¿era igual que Mario? ¿Y qué significaba eso, que nos habíamos elegido por nuestras afinidades y que aquellas afinidades, con los años, se habían ramificado? ¿En qué me había sentido igual a él cuando me enamoré? ¿Qué había reconocido en mí de él al comienzo de nuestra relación? ¿Cuántos pensamientos, gestos, tonos, gustos, costumbres sexuales me había transmitido a lo largo de los años?

En aquel tiempo llené páginas y páginas de preguntas de ese tipo. Si Mario me había dejado, si ya no me amaba, si yo misma ya no lo amaba, ¿por qué tenía que seguir llevando en la carne tantas cosas suyas? Lo que yo había puesto en él seguramente Carla lo había ido eliminando durante los años secretos de su relación. Pero yo, que había creído adorable todo lo que había asimilado de él, ¿qué podía hacer para quitármelo de encima de una vez, ahora que ya no me parecía en absoluto adorable? ¿Cómo podía arrancármelo definitivamente del cuerpo y de la mente sin tener que descubrir que así me arrancaba a mí misma?

Solo entonces, durante aquellas mañanas en que las manchas de sol se dibujaban sobre la hierba entre las sombras de los árboles para luego desplazarse lentamente como verdes nubes luminosas sobre un cielo oscuro, volví con cierta vergüenza a analizar la voz hostil de Carrano. ¿Era de verdad Mario un hombre agresivo, convencido de poder mandar en todo y en todos, e incluso un oportunista, como me había asegurado el veterinario? El hecho de que yo nunca lo hubiese visto como un individuo de esa calaña, ¿no podía significar que consideraba natural su comportamiento porque en el fondo era igual que el mío?

Pasé varias tardes mirando las fotografías familiares. Buscaba en el cuerpo que había tenido antes de conocer al que sería mi marido las señales de mi independencia. Comparé mis imágenes de jovencita con las de los años siguientes. Quise descubrir cuánto se había modificado mi mirada desde que había empezado a salir con él, quise ver si en el transcurso de los años había terminado por parecerse a la suya. El germen de su carne había entrado en la mía, me había deformado, ensanchado, engordado, me había dejado embarazada dos veces. La fórmula era: había llevado en mi seno hijos suyos; le había dado hijos. Aunque me decía que no le había dado nada, que los hijos eran sobre todo míos, que siempre habían estado bajo el radio de mi cuerpo, a mi cuidado, sin embargo no podía quitarme de la cabeza lo que de su naturaleza albergaban los niños de forma inevitable. Mario saltaría desde el interior de sus huesos de repente, ya, en unos días, en unos años, de forma cada vez más visible. ¿Cuánto de él estaría obligada a amar para siempre sin darme cuenta siquiera, solo por el hecho de amarlos a ellos? Qué complicada y espumosa mezcla es una pareja. Aunque la relación se deshaga hasta desaparecer, continúa actuando por vías secretas, no muere, se niega a morir.

Pasé una larga y silenciosa noche recortando con las tijeras ojos, orejas, piernas, narices, manos mías, de los niños, de Mario, y pegándolos en un papel de dibujo. Obtuve un único cuerpo futurista monstruosamente indescifrable que tiré enseguida a la basura.

40

Cuando Lea Farraco reapareció unos días después, comprendí de inmediato que Mario no tenía intención de enfrentarse a mí en persona, ni siquiera por teléfono. El mensajero no tiene la culpa, me dijo mi amiga; después de aquella agresión en la calle, mi marido consideraba que era mejor que nos viésemos lo menos posible. Pero a los niños quería verlos, los echaba de menos; me preguntaba si podía mandárselos el fin de semana. Le dije a Lea que lo consultaría con mis hijos y dejaría que ellos decidieran. Ella negó con la cabeza y me regañó.

—No hagas eso, Olga. ¿Qué quieres que decidan los niños?

No la escuché. Pensaba que podría manejar aquella cuestión como si fuésemos un trío capaz de discutir, enfrentarnos y tomar decisiones por unanimidad o por mayoría. Por esa razón hablé con Ilaria y Gianni en cuanto volvieron de la escuela. Les dije que su padre quería que pasaran con él el fin de semana, les expliqué que la decisión de ir o no ir les correspondía a ellos, les avisé de que probablemente conocerían a la nueva esposa (dije exactamente «esposa») de su padre.

Ilaria me preguntó enseguida, sin medias tintas:

—¿Tú qué quieres que hagamos?

Fue Gianni quien le contestó:

—Idiota, ha dicho que tenemos que decidirlo nosotros.

Estaban visiblemente angustiados. Me preguntaron si podían hablarlo entre ellos, se encerraron en su cuarto y los oí discutir un buen rato. Cuando salieron, Ilaria me preguntó:

—¿A ti te molesta que vayamos?

Gianni le dio un fuerte empujón y dijo:

—Hemos decidido quedarnos contigo.

Me dio vergüenza la prueba de afecto a la que los había sometido. El viernes a mediodía los obligué a lavarse bien, los vestí con su mejor ropa, preparé dos mochilas con sus cosas y los acompañé a casa de Lea.

Por la calle siguieron insistiendo en que no tenían ganas de separarse de mí, me preguntaron cien veces cómo iba a pasar el sábado y el domingo, al final subieron al coche de Lea y desaparecieron con todas sus emocionadas esperanzas.

Di un paseo, fui al cine, volví a casa, cené de pie sin poner la mesa, me senté a ver la tele. Lea me llamó ya entrada la noche, dijo que el encuentro entre padre e hijos había sido hermoso y conmovedor. Después me reveló con cierto desagrado la verdadera dirección de Mario. Vivía con Carla en la Crocetta, en una bonita casa que pertenecía a la familia de ella. Al final, Lea me invitó a cenar al día siguiente y, aunque no me apetecía, acepté: es terrible el cerco del día vacío, cuando la noche te aprieta el cuello como una soga.

El sábado por la noche fui a la casa de los Farraco, pero llegué demasiado temprano. Intentaron entretenerme y yo me esforcé por ser cordial. En un momento determinado eché una ojeada a la mesa puesta y conté mecánicamente los cubiertos, las sillas: seis. Me puse tensa: dos parejas, yo y una sexta persona. Pensé que Lea había querido preocuparse por mí y me había organizado un encuentro que favoreciese una aventura, una relación provisional, o quién sabe, un arreglo definitivo. Mis sospechas se confirmaron cuando llegaron los Torreri, a quienes ya había conocido el año anterior en una cena, en el papel de mujer de Mario, y Morelli, el veterinario al que había consultado para saber algo más de la muerte de Otto. Morelli, un buen amigo del marido de Lea, agradable y enterado de todos los cotilleos sobre la gente guapa del Politécnico, había sido invitado para alegrarme la cena.

Aquello me deprimió. Esto es lo que te espera, pensé. Este tipo de veladas. Comparecer en la casa de unos extraños, marcada por la condición de mujer a la espera de rehacer su vida. Estar en las manos de otras mujeres, infelizmente casadas, que se afanan por ofrecerte hombres que ellas consideran fascinantes. Tener que aceptar el juego, no saber admitir que a ti esos hombres solo te producen desaliento por su misión explícita, sabida por todos los presentes, de intentar un acercamiento a tu persona fría, de calentarse para calentarte y luego echársete encima en su papel de seductores a prueba, hombres tan solos como tú, como tú aterrados por la extrañeza, consumidos por los fracasos y por los años vacíos, separados, divorciados, viudos, abandonados, traicionados.

Guardé silencio durante toda la cena. Extendí a mi alrededor un anillo invisible y cortante. A cada frase con que el veterinario buscaba las risas o las sonrisas yo ni reí ni sonreí, retiré un par de veces mi rodilla de la suya y me puse rígida cuando me tocó un brazo e intentó hablarme al oído con una intimidad inexplicable.

Nunca más, pensé, nunca más. Ir de casa en casa visitando a alcahuetes que preparan bondadosamente citas ocasionales y te vigilan para ver si la cosa va bien, si él hace lo que tiene que hacer, si tú reaccionas como debes. Un espectáculo para parejas, un tema cómico cuando se van los invitados y en la mesa quedan las sobras. Di las gracias a Lea y a su marido y me fui muy pronto, de forma repentina, cuando los comensales iban a pasar al salón para tomar unas copas y charlar.

41

El domingo por la noche, cuando Lea trajo a los niños de vuelta a casa, me sentí aliviada. Parecían cansados, pero se los veía bien.

—¿Qué habéis hecho? —pregunté.

—Nada —respondió Gianni.

Luego me soltó que se habían montado en los caballitos, que habían ido a Varigotti para ver el mar, que habían comido en restaurantes, al mediodía y por la noche. Ilaria separó los brazos y me dijo:

—Me he comido un helado así de grande.

—¿Lo habéis pasado bien?

—No —dijo Gianni.

—Sí —dijo Ilaria.

—¿Estaba Carla?

—Sí —dijo Ilaria.

—No —dijo Gianni.

Antes de dormirse, la niña me preguntó en un tono ligeramente ansioso:

—¿Nos mandarás con papá otra vez la semana que viene?

Gianni me miró desde su cama con cara de preocupación. Contesté que sí.

Más tarde, ya con la casa en silencio, mientras intentaba escribir, se me ocurrió pensar que semana tras semana se iría reforzando en los niños la presencia del padre. Asimilarían mejor sus gestos, sus tonos, y los mezclarían con los míos. La pareja se había disuelto, pero en ellos dos se curvaría con el tiempo, se enlazaría, se embrollaría y seguiría existiendo aunque ya no tuviese fundamento ni motivo. Poco a poco le harían sitio a Carla, escribí. Ilaria la estudiaría con disimulo para aprender sus gestos al maquillarse, sus andares, su forma de reír, sus preferencias en cuanto a los colores, y entre tanto ir y venir terminaría por confundirlos con mis movimientos, con mis gustos, con mis ademanes controlados o distraídos. Gianni empezaría a desearla en secreto, a soñar con ella desde el líquido amniótico en el que había nadado. En mis hijos se introducirían los padres de Carla; el clan de sus antepasados se instalaría entre mis abuelos y los de Mario. Un vocerío mestizo crecería dentro de ellos. Al pensarlo caí en lo absurdo del adjetivo «mis», «mis hijos». No dejé de escribir hasta que escuché un lamido, la pala viva de la lengua de Otto contra el plástico de su cuenco. Me levanté, fui a comprobar que estuviese vacía, seca. El pastor era de espíritu fiel y vigilante. Me metí en la cama y me dormí.

Al día siguiente empecé a buscar trabajo. No sabía hacer gran cosa, pero gracias a los frecuentes traslados de Mario había estado en el extranjero mucho tiempo y dominaba al menos tres lenguas. Con la ayuda de ciertos amigos del marido de Lea, pronto me contrataron en una agencia de alquiler de coches para que me ocupase de la correspondencia internacional.

Mis días se hicieron más frenéticos de lo normal: trabajar, hacer la compra, cocinar, limpiar, los niños, las ganas de ponerme a escribir, las listas de tareas urgentes que elaboraba por las noches: comprar ollas nuevas, llamar al fontanero porque el lavabo perdía agua, hacer que arreglasen la persiana del salón, comprar un chándal para Gianni, comprarle zapatos nuevos a Ilaria, a quien le había crecido el pie.

Así comencé una continua y enérgica carrera que duraba de lunes a viernes, pero sin las obsesiones de los meses anteriores. Un alambre que horadaba los días se extendía ante mí y me deslizaba por él con rapidez, sin pensarlo, en un equilibrio cada vez mejor simulado, hasta que le entregaba los niños a Lea, que a su vez se los entregaba a Mario. Entonces se estancaba el tiempo vacío del fin de semana y me sentía como si estuviese de pie al borde de un pozo sin poder guardar el equilibrio.

Por otro lado, el regreso de los niños el domingo por la noche se convirtió en un cúmulo interminable de disgustos. Los dos se acostumbraron a aquel balanceo entre mi casa y la de Mario, y pronto dejaron de prestar atención a lo que podía herirme. Gianni empezó a alabar la cocina de Carla y a odiar la mía. Ilaria me contó que se duchaba con la nueva mujer de su padre. Me reveló que tenía los pechos más bonitos que yo, le asombraba que tuviese pelos rubios en el pubis y me describió con todo detalle su ropa interior. Me hizo jurarle que en cuanto le saliera el pecho le compraría sujetadores del mismo color y de la misma tela. Ambos niños adoptaron nuevas muletillas, que sin duda no eran mías; decían «prácticamente» a todas horas. Ilaria me reprendió por no querer comprar un lujosísimo estuche de maquillaje del que Carla hacía ostentación. Un día, durante una pelea por un abriguito que le había comprado y no le gustaba, me gritó:

—¡Eres mala! ¡Carla es más buena que tú!

Llegó un momento en que ya no sabía si me sentía mejor cuando ellos estaban o cuando no. Me di cuenta, por ejemplo, de que aunque ya no daban importancia al daño que me hacían hablándome de Carla, vigilaban celosamente que me dedicase a ellos y a nadie más. Una vez que no tenían clase los llevé conmigo al trabajo. Me sorprendió lo bien que se portaron. Un compañero nos invitó a los tres a comer, y ellos se sentaron a la mesa serios, en silencio, sin pelearse, sin intercambiar sonrisitas cómplices, sin lanzarse palabras en clave, sin ensuciar el mantel con la comida. Comprendí demasiado tarde que se habían dedicado a estudiar el modo en que aquel hombre me trataba, las atenciones que me dirigía y el tono en que yo le respondía, captando, como solo saben hacerlo los niños, la tensión sexual, que por otra parte era mínima, un puro juego del descanso para comer que él practicaba conmigo.

—¿Has notado cómo chasqueaba los labios al final de cada frase? —me preguntó Gianni con inquina burlesca.

Negué la cabeza, no lo había notado. Para demostrármelo, empezó a chasquear los labios cómicamente, avanzándolos para mostrarlos hinchados y rojos, y produciendo un «plop» cada dos palabras. Ilaria lloraba de la risa; después de cada exhibición, pedía sin aliento: «¡Otra vez, otra vez!». Al poco rato estaba riéndome yo también, aunque la agudeza maliciosa de mis hijos me había dejado un tanto desorientada.

Aquella noche, cuando Gianni vino a mi dormitorio para que le diese el habitual beso de buenas noches, me abrazó de repente y me besó en una mejilla haciendo «plop» y empapándomela de saliva; luego él e Ilaria se fueron a su cuarto muertos de risa. Desde entonces, ambos se empeñaron en criticar todo lo que hacía, al tiempo que empezaron a alabar abiertamente a Carla. Me sometían a las adivinanzas que ella les enseñaba para demostrarme que no sabía responder, alababan lo bien que se estaba en la nueva casa de Mario y lo fea y desordenada que era la nuestra. Gianni sobre todo se volvió insoportable en poco tiempo. Gritaba sin motivo, destrozaba las cosas, se zurraba con los compañeros de clase, maltrataba a su hermana y a veces se enfadaba consigo mismo y se mordía en el brazo o en la mano.

Un día de noviembre volvían los dos de la escuela con unos helados enormes que se habían comprado. No sé bien cómo ocurrió. Seguramente, Gianni acabó su cucurucho y pretendió que Ilaria le diera el suyo. Era un tragón, siempre tenía hambre. El caso es que le dio tal empujón que la pequeña fue a chocar contra un chico de unos dieciséis años y le manchó la camisa de chocolate y nata.

Al principio el muchacho se ocupó solamente de la mancha, pero luego se enfureció de improviso y la tomó con Ilaria. Entonces Gianni lo golpeó con su mochila en toda la cara, le mordió una mano y no soltó su presa hasta que el otro empezó a darle puñetazos con la mano libre.

Al volver del trabajo, abrí la puerta y oí la voz de Carrano dentro de casa. Estaba charlando con los niños en el salón. Al verlo fui bastante fría, no entendía qué hacía él en mi casa, nadie le había dado permiso. Luego, cuando me di cuenta del estado en que Gianni se encontraba, un ojo negro y el labio inferior partido, me olvidé de él y me lancé sobre el niño llena de angustia.

Poco a poco fui comprendiendo que Carrano, de camino a su casa, había encontrado a los niños en aquel apuro, había apartado a Gianni del chico furioso, había calmado a Ilaria, que estaba muy alterada, y los había acompañado a casa. Es más: los había puesto de buen humor contándoles los golpes que había dado y recibido él cuando era un niño; de hecho, me interrumpían para pedirle que siguiera con sus historias.

Le di las gracias por aquello y por las demás veces que me había ayudado. Pareció contento. Solo metió la pata al pronunciar una vez más la frase equivocada en el momento de despedirse. Dijo:

—Quizá son demasiado pequeños para volver solos de la escuela.

—Quizá, pero yo no puedo hacer otra cosa —repliqué.

—Yo podría encargarme algunos días —aventuró.

Le di las gracias de nuevo, aún más fría. Dije que podía apañármelas sola y cerré la puerta.

42

El comportamiento de Ilaria y de Gianni no mejoró después de esa aventura; al contrario, continuaron haciéndome expiar faltas que no había cometido: eran solo sueños negros de la infancia. Mientras tanto, con un giro imprevisto y de difícil explicación, dejaron de considerar a Carrano un enemigo —el asesino de Otto, lo llamaban—, y cuando nos lo encontrábamos en la escalera lo saludaban siempre con una especie de camaradería, como si fuese un compañero de juegos. Él respondía haciendo guiños un tanto patéticos o señas contenidas. Me daba la sensación de que temía excederse. Evidentemente no pretendía ofenderme, pero los niños querían más, no tenían suficiente.

Gianni le gritaba sin parar: «Hola, Aldo», hasta que Carrano barbotaba con la cabeza gacha: «Hola, Gianni».

Yo, después, zarandeaba a mi hijo mientras le decía:

—¿Qué son esas confianzas? Debes ser más educado.

Pero él me ignoraba, y contraatacaba con respuestas como «Voy a hacerme un agujero en la oreja, quiero ponerme un pendiente, mañana me teñiré el pelo de verde».

Las veces que Mario no podía quedarse con ellos, que no eran pocas, pasábamos las horas del domingo en casa entre tensiones, reproches y escenas, hasta que los llevaba al parque, y allí daban vuel-

tas y vueltas subidos al tiovivo mientras el otoño se llevaba en ban-
dadas las hojas amarillas o rojas y las lanzaba a los paseos empedrados
o las arrojaba al agua del Po. Pero a veces, en especial cuando el domingo estaba nublado y húmedo, íbamos al centro. Ellos se perse-
guían alrededor de las fuentes de las que manaban chorros blancos
por reflejo de la pavimentación, mientras yo caminaba con desgana
controlando el zumbido de las imágenes borrosas y las voces entre-
cruzadas que en los momentos de abatimiento aún me rondaban por
la cabeza. Cuando esos momentos se hacían particularmente alar-
mantes, me esforzaba por captar voces meridionales bajo el acento
turinés, lo que me producía un tierno engaño de infancia, una impresión de pasado, de años acumulados, de distancia justa para los recuerdos. A menudo iba a sentarme aparte, en los escalones del monumento a Manuel Filiberto, mientras Gianni, siempre armado con
una llamativa metralleta de ciencia ficción que le había regalado su
padre, daba a su hermana clases crueles sobre la Primera Guerra
Mundial y se entusiasmaba refiriendo el número de soldados muertos, describiendo las caras negras de los combatientes de bronce, de
sus fusiles en posición de descanso. Entonces yo miraba el arriate y
observaba los tres cañones arrogantes y misteriosos que se erguían sobre la hierba y que parecían vigilar el castillo gris como periscopios.
Sentía que nada, nada conseguía consolarme, aunque —pensaba—
ahora estoy aquí, mis hijos están vivos y juegan entre ellos, el dolor se
ha destilado; me ha amargado, pero no me ha destrozado. A ratos,
me rozaba con los dedos, a través de las medias, la cicatriz de la herida que me había hecho Ilaria.

Luego sucedió algo que me dejó sorprendida y turbada. Un día a
mediados de semana, cuando salía del trabajo, encontré en el buzón
del teléfono móvil un mensaje de Lea. Me invitaba a un concierto esa
misma noche. Decía que tenía mucho interés en asistir a él. Le noté

la voz ligeramente subida de tono, con la verborrea que solía usar cuando hablaba de música antigua, que le apasionaba. No me apetecía salir, pero, igual que ocurría con tantas cosas de mi vida en aquel período, me obligué a ir. Sin embargo, luego empecé a sospechar que Lea me había organizado en secreto otra cita con el veterinario y estuve dudando un buen rato. No tenía ganas de estar en tensión toda la velada. Al final decidí que, con veterinario o sin él, el concierto me relajaría. La música siempre hace bien, desata los nudos con que los nervios se aferran a las emociones. Así que me puse a hacer llamadas hasta encontrar a alguien con quien dejar a Ilaria y Gianni. Después tuve que convencerlos de que los amigos con los que había decidido dejarlos no eran tan odiosos como ellos decían. Al final se resignaron, aunque Ilaria declaró a quemarropa:

—Como no estás nunca con nosotros, llévanos a vivir para siempre con papá.

No contesté. Cada tentación de ponerme a gritar se veía compensada con el pánico de volver a entrar en algún camino oscuro y perderme, por eso me contuve.

Cuando recogí a Lea solté un suspiro de alivio. Estaba sola. Fuimos en taxi hasta un pequeño teatro de las afueras, una cáscara de nuez pulida, sin rincones. En aquel ambiente, Lea conocía y era conocida por todos. Me sentí muy a gusto disfrutando del reflejo de su notoriedad.

Durante un rato la pequeña sala estuvo cargada de murmullos, llamadas discretas, gestos de saludo, una nube de perfumes y de alientos. Luego nos sentamos, se hizo el silencio, las luces se apagaron y entraron los músicos y la cantante.

—Son buenísimos —me aseguró Lea al oído.

No dije nada. Me había quedado de una pieza: entre los músicos acababa de reconocer a Carrano. Bajo los focos parecía otra persona, aún más alta. Se le veía delgado y elegante, todos sus gestos dejaban una estela de color, el cabello le brillaba como si fuese de un metal precioso.

Cuando empezó a tocar el violonchelo se esfumó lo que quedaba del hombre que vivía en mi edificio y se convirtió en una alucinación excitante de mi mente, en un cuerpo lleno de seductoras anomalías que parecía extraer sonidos imposibles de su interior, pues el instrumento era una parte de él, viva, nacida de su pecho, de sus piernas, de sus brazos, de sus manos, del éxtasis de sus ojos, de su boca.

Mientras la música me mecía, examiné sin angustia mis recuerdos del piso de Carrano, la botella de vino en la mesa, los vasos ya vacíos, ya llenos, la capa oscura de aquel viernes por la noche, el cuerpo masculino desnudo, la lengua, el sexo. Busqué entre aquellas imágenes de la memoria, en el hombre en albornoz, en el hombre de aquella noche, a este otro hombre que interpretaba música y no lo encontré. ¡Qué absurdo!, pensé. He llegado al fondo de la intimidad con este señor hábil y atractivo, y no lo he visto. Ahora que lo veo, es como si aquella intimidad no le perteneciese, como si fuese de otro que lo ha sustituido, quizá el recuerdo de una pesadilla de mi adolescencia, quizá la fantasía de una mujer deshecha. ¿Dónde estoy? ¿En qué mundo me perdí, a qué mundo he vuelto? ¿A qué vida he llegado? ¿Y con qué fin?

—¿Qué te pasa? —me preguntó Lea, preocupada tal vez por algún gesto mío de agitación.

—El violonchelista es mi vecino —le susurré.

—Es bueno. ¿Lo conoces bien?

—No, no lo conozco en absoluto.

Al final del concierto el público aplaudió y aplaudió. Los músicos abandonaron el escenario, volvieron. El saludo de Carrano fue profundo y sutil como la llama de una vela que se inclina con un golpe de viento. Su cabello de metal se derramó primero sobre el entarimado y luego, de golpe, cuando él se irguió y levantó enérgicamente la cabeza, volvió a quedar en orden. Los músicos interpretaron otro fragmento. La hermosa cantante nos conmovió con su voz enamorada y volvimos a aplaudir. La gente no quería dejarlos marchar. Daba la impresión de que la sombra de los bastidores atraía y repelía a los músicos al ritmo de los aplausos, como si estos fueran órdenes severas. Yo estaba aturdida, tenía la sensación de que la piel me apretaba demasiado los músculos, los huesos. Esa era la verdadera vida de Carrano. O la falsa, pero a mí me parecía ya más propia de él que la otra.

Aunque me esforcé por soltar la tensión eufórica que sentía, no conseguí nada. Era como si la pequeña sala del teatro se hubiese puesto en vertical, y el escenario hubiera quedado abajo y yo estuviese arriba, asomada al borde de un saliente. Pero no me asusté hasta que oí el ladrido irónico de un espectador, que evidentemente quería irse a dormir, y muchos se rieron, y los aplausos poco a poco se apagaron, y el escenario quedó vacío y teñido de un verde pálido, y me pareció que la sombra de Otto atravesaba con alegría el entarimado como una vena oscura entre la carne viva y luminosa. El futuro será siempre así, pensé. La vida de los vivos junto al olor húmedo de la tierra de los muertos, la atención junto a la desatención, los latidos de entusiasmo del corazón junto a las bruscas pérdidas de significado. Pero no será peor que el pasado.

En el taxi, Lea me interrogó sobre Carrano. Le respondí con circunspección. Entonces ella, incoherentemente, como si estuviera celosa porque yo me reservaba a aquel hombre genial, empezó a quejarse de la calidad de la ejecución.

—Estaba como ofuscado —dijo.

Luego añadió frases del tipo: «Se ha quedado a mitad de camino;

no ha sabido dar el salto de calidad; un gran talento desaprovechado por sus inseguridades; un artista desperdiciado por su exceso de prudencia». Antes de despedirse, cuando yo estaba a punto de bajar del taxi, empezó de repente a hablarme de Morelli. Le había llevado el gato y él le había preguntado insistentemente por mí, si estaba bien, si había superado el trauma de la separación.

—Me ha dicho que te comente —me gritó desde el taxi— que ha cambiado de opinión, que no está seguro de que Otto muriera por estricnina. Los datos que le diste son insuficientes, necesita que se lo cuentes todo con más detalles. —Soltó una risa maliciosa desde la ventanilla del taxi que arrancaba de nuevo—. Creo que es una excusa, Olga. Quiere volver a verte.

Por descontado, no volví a ver al veterinario, aunque era un hombre agradable, que inspiraba confianza. Me daba miedo pensar en relaciones sexuales irreflexivas, me sentía incómoda. Pero sobre todo no quería saber si a Otto lo había matado la estricnina u otra cosa. El perro se había escurrido por un roto en la red de los acontecimientos. ¡Dejamos tantos agujeros, tantas heridas de desidia cuando mezclamos causa y efecto! Lo esencial era que la cuerda, la maraña que me sujetaba, se mantuviese.

43

Después de aquella noche, estuve varios días luchando contra el descontento exacerbado de los niños. Me echaron en cara que los hubiese dejado con otras personas y me reprocharon que pasaban todo el tiempo con extraños. Me acusaron con voces duras, sin afecto, sin ternura.

—No me pusiste en la bolsa el cepillo de dientes —decía Ilaria.

—Me he resfriado porque allí tenían los radiadores apagados —continuaba Gianni.

—Me han obligado a comer atún y he vomitado —me recriminaba la pequeña.

Hasta que llegó el fin de semana fui la culpable de todas sus desgracias. Gianni me lanzaba miradas irónicas —¿eran mías aquellas miradas?, ¿por eso me molestaban? ¿Eran de Mario, o las había copiado de Carla?— practicando turbios silencios, mientras Ilaria se ponía a chillar por cualquier cosa, se tiraba al suelo, me mordía, pataleaba aprovechando cualquier insignificante contrariedad: un lápiz que no encontraba, la hoja de un tebeo con una rajita minúscula, los rizos de su pelo, que lo quería liso; era por mi culpa, yo lo tenía rizado; su padre tenía un pelo bonito.

Yo lo dejaba pasar, había vivido cosas peores. Además, de repente me pareció que las ironías, los silencios y los gritos formaban parte de un acuerdo implícito de mis hijos para controlar el miedo e inventar razones que lo atenuasen. Lo único que me preocupaba era que los vecinos llamasen a la policía.

Una mañana salíamos a toda prisa de casa, ellos a la escuela y yo al trabajo; Ilaria estaba nerviosa, molesta con todo. No aguantaba los zapatos, unos zapatos que llevaba un mes poniéndose y que de repente le hacían daño. Se tiró llorando al suelo del rellano y empezó a darle patadas a la puerta, que yo acababa de cerrar. Entre lágrimas y gritos decía que le dolían los pies, que así no podía ir a la escuela. Yo le pregunté dónde le dolía, sin darle importancia pero con paciencia; Gianni se reía y repetía continuamente: «Córtate el pie, háztelo más pequeño, así el zapato te quedará bien»; yo mascullaba: «¡Ya está bien, cállate! Vamos, que se hace tarde».

En un momento determinado se oyó el crujido de una cerradura en el piso de abajo y la voz sucia de sueño de Carrano que decía:

—¿Alguien necesita ayuda?

De la vergüenza, me ruboricé como si me hubiesen sorprendido haciendo algo asqueroso. Puse una mano en la boca de Ilaria y apreté con fuerza. Con la otra, la obligué enérgicamente a levantarse. La niña se calló de golpe, sorprendida por mi súbita actitud intransigente. Gianni me lanzó una mirada inquisitiva y yo me busqué la voz en la garganta, una voz que sonase normal.

—No —dije—, gracias, discúlpanos.

—Si puedo hacer algo...

—Todo va bien, no te preocupes, gracias de nuevo por todo.

Gianni iba a gritar «Hola, Aldo», cuando lo agarré por la cabeza, le pegué la cara a mi abrigo y lo mantuve así con firmeza.

La puerta volvió a cerrarse discretamente y advertí con tristeza que Carrano hacía que me sintiera avergonzada. Sabía lo que podía esperar de él, pero ya no me creía lo que sabía. Aquel hombre del piso de abajo se había convertido ante mis ojos en poseedor de una fuerza misteriosa que mantenía escondida por modestia, por amabilidad, por buena educación.

44

En la oficina trabajé sin poder concentrarme en toda la mañana. La mujer de la limpieza debía de haberse pasado con algún detergente perfumado, porque había un intenso olor a jabón y cerezas que el calor de los radiadores había vuelto ácido. Despaché correspondencia en alemán durante horas, pero sin mucho empeño. Tenía que consultar continuamente el diccionario. De improviso oí una voz masculina que venía de la sala donde se atendía al público. La voz me llegó clarísima, cargada de una rabia fría por ciertos servicios pagados generosamente que habían resultado de muy poca calidad una vez en el extranjero. No obstante, aquella voz me parecía lejana, como si me llegase no de la habitación de al lado, sino de algún lugar de mi propio cerebro. Era la voz de Mario.

Entreabrí la puerta de mi despacho y miré afuera. Lo vi sentado delante de un escritorio, con un póster muy vistoso de Barcelona como fondo. Sentada a su lado estaba Carla, que no me pareció guapa pero sí atractiva, más adulta, algo más metida en carnes. Me parecía estar viéndolos en una pantalla de televisión, como si fuesen actores famosos que interpretaban un fragmento de mi vida en un culebrón cualquiera. Mario en especial me pareció un extraño que casualmente tenía los rasgos fugaces de una persona que había sido muy familiar para mí. Iba peinado de forma que mostraba su amplia frente, bien delimitada por las cejas y la densa cabellera. Tenía la cara más delgada, y las líneas que salían de la nariz, de la boca y de los pómulos trazaban un dibujo más agradable de lo que recordaba. Aparentaba diez años menos. Le había desaparecido la pesada turgencia de los costados, del pecho, del vientre; incluso parecía más alto.

Sentí una especie de golpe suave pero decidido en mitad de la frente y noté las manos sudadas. Sin embargo, para mi sorpresa, la emoción fue agradable, como cuando es un libro o una película lo que te hace sufrir, no la vida. Le dije en tono tranquilo a la empleada, que era amiga mía:

—¿Alguna dificultad con los señores?

Tanto Mario como Carla se volvieron de golpe, pero Carla, además, se levantó de un salto, visiblemente asustada. Mario, en cambio, se quedó sentado, apretándose el tabique nasal con el pulgar y el índice durante unos segundos, como hacía siempre que algo lo perturbaba.

—Me alegro mucho de veros —dije con alegría casi exagerada.

Me acerqué a él, y Carla, de forma instintiva, alargó una mano para arrimarlo a ella y protegerlo. Mi marido se levantó con indecisión. Estaba claro que no sabía qué podía esperar. Le tendí la mano y nos besamos en las mejillas.

—Os veo muy bien —añadí, y estreché la mano de Carla, que no apretó la mía, sino que me dio unos dedos y una palma que parecían de carne húmeda, recién descongelada.

—Tú también estás bien —dijo Mario en un tono perplejo.

—Sí —respondí con orgullo—, ya no siento dolor.

—Quería llamarte para hablar de los niños.

—El número de teléfono no ha cambiado.

—Tendríamos que discutir también la separación.

—Cuando quieras.

Como no sabía qué más decirme, se metió las manos en los bolsillos del abrigo, muy nervioso, y me preguntó sin curiosidad si había novedades.

—Pocas. Los niños te lo habrán dicho. He estado mal, y Otto ha muerto —contesté.

—¿Muerto? —repitió con un sobresalto.

¡Qué misteriosos resultan los niños! No le habían dicho nada, quizá para no disgustarlo, quizá porque creían que ya no podía interesarle nada de lo que pertenecía a su antigua vida.

—Envenenado —le dije, y él preguntó con rabia:

—¿Quién ha sido?

—Tú —respondí tranquilamente.

—¿Yo?

—Sí. He descubierto que eres un hombre insolente, y la gente responde a las insolencias con maldad. —Me observó para averiguar si mi actitud amigable empezaba a modificarse, si tenía intención de montarle otro número. Intenté tranquilizarlo con un tono más indiferente—: O quizá simplemente hacía falta un chivo expiatorio, y como yo me he salvado, le ha tocado a Otto.

En aquel preciso momento se me escapó un gesto inconsciente: le quité una escama de caspa de la chaqueta, una costumbre de los tiempos pasados. Él retrocedió casi de un salto, yo dije «Perdona» y aparté la mano de inmediato. Carla intervino para completar con más cuidado la obra que yo había comenzado.

Antes de despedirnos, Mario me aseguró que llamaría para fijar una cita.

—Si quieres venir tú también… —le propuse a Carla.

Mario dijo un no tajante sin consultarla siquiera con la mirada.

45

Dos días después vino a casa cargado de regalos. Ilaria y Gianni, al contrario de lo que yo esperaba, lo saludaron de una forma bastante ritual, sin entusiasmo. Evidentemente, la costumbre del fin de semana les había devuelto la normalidad de un padre. Se lanzaron a abrir los regalos, que les gustaron, y Mario intentó participar, jugar con ellos, pero no le hicieron caso. Al final paseó un poco por la habitación, tocó algunos objetos con la punta de los dedos, miró por la ventana.

—¿Quieres un café? —le pregunté.

Aceptó de inmediato y me siguió a la cocina. Charlamos de los niños. Le dije que estaban atravesando una mala racha y él se quedó muy sorprendido, me aseguró que con él eran buenos, que se portaban muy bien. Luego sacó una pluma y un papel y redactó un programa engañoso de los días que él dedicaría a los niños y de los que me tocaría ocuparme a mí. Dijo que verlos de modo sistemático todos los fines de semana era un error.

—Espero que sea suficiente la mensualidad que te estoy pasando —subrayó luego.

—Está bien —dije—, eres generoso.

—De la separación me encargo yo.

—Si descubro que le sueltas los niños a Carla y te dedicas a tus asuntos de trabajo sin cuidar de ellos, no los verás más —repliqué, poniéndole las cosas claras.

Se quedó mirando el papel con expresión de bochorno e inseguridad.

—No tienes de qué preocuparte. Carla tiene muchas cualidades —dijo.

—No lo dudo, pero prefiero que Ilaria no aprenda a hablar con el pavo de ella. Y no quiero que a Gianni le entren ganas de meterle mano como haces tú.

Dejó la pluma en la mesa, desolado, y dijo:

—Lo sabía, no se te ha pasado.

Hice una mueca con los labios apretados y repuse:

—Se me ha pasado todo.

Miró al techo y luego al suelo; se notaba que estaba molesto. Me dejé caer en el respaldo de la silla. Daba la impresión de que la silla que ocupaba Mario no tenía espacio detrás, que estaba pegada a la pared amarilla de la cocina. Percibí en sus labios una risa muda que nunca le había visto. Le sentaba bien, parecía el gesto de un hombre simpático que quiere demostrar que se las sabe todas.

—¿Qué piensas de mí? —preguntó.

—Nada. Pero me sorprende lo que he oído por ahí.

—¿Y qué has oído?

—Que eres un oportunista y un chaquetero.

Dejó de sonreír y dijo en tono gélido:

—Los que dicen eso no son más virtuosos que yo.

—No me interesa cómo son ellos. Solo quiero saber cómo eres tú y si siempre has sido así.

No le conté que quería quitármelo del todo del cuerpo, arrancarme las partes suyas que, por una especie de prejuicio positivo o por complicidad, nunca había podido ver. No le dije que quería zafarme del torbellino de su voz, de sus fórmulas verbales, de sus actitudes, de su visión del mundo. Deseaba ser yo misma, si es que eso seguía teniendo sentido. O por lo menos deseaba ver lo que quedaba de mí después de eliminarlo a él.

Me respondió con fingida melancolía.

—Cómo soy, cómo no soy…, yo qué sé.

Luego señaló apáticamente el cuenco de Otto, que seguía abandonado en un rincón, junto al frigorífico.

—Me gustaría regalarles otro perro a los niños.

Negué con la cabeza. Otto se movió de pronto por la casa, escuché el sonido leve de sus garras en el suelo, un repiqueteo. Junté las manos y me las froté, una contra otra, lentamente, para borrar el vapor de malestar que sentía en las palmas.

—No puedo con sustituciones.

Aquella noche, cuando Mario se fue, volví a leer las páginas en las que Ana Karenina va hacia la muerte, hojeé las que hablaban de mujeres rotas. Leía y, mientras tanto, me sentía segura. Ya no era como las señoras de aquellas páginas, no me parecían una vorágine que me aspiraba. Me di cuenta de que incluso había sepultado en alguna parte a la mujer abandonada de mi infancia napolitana. Mi corazón ya no latía en su pecho, nuestras venas se habían dividido. «La pobrecilla» había vuelto a ser como una vieja foto, pasado fosilizado, sin sangre.

46

Desde entonces los niños también empezaron a cambiar. Aunque seguían con su hostilidad recíproca, siempre dispuestos a desgreñarse, dejaron poco a poco de tomarla conmigo.

—Papá quería comprarnos otro perro, pero Carla no ha querido —me dijo Gianni una noche.

—Ya tendrás uno cuando vivas en tu propia casa —lo consolé.

—¿Tú querías a Otto? —me preguntó.

—No —contesté—, mientras estuvo vivo no.

Me maravillaba la tranquila franqueza con que podía responder a todas las preguntas que me hacían. ¿Papá y Carla tendrán otro niño? ¿Carla dejará a papá y se irá con uno más joven? ¿Sabes que cuando ella está usando el bidet él entra y hace pipí? Yo argumentaba, explicaba. A veces incluso conseguía reírme.

En poco tiempo me acostumbré a ver a Mario, a llamarlo por pequeños apuros cotidianos o para protestar porque no había ingresado puntualmente el dinero en mi cuenta. Un día me percaté de que su cuerpo estaba cambiando otra vez. Tenía más canas y los pómulos más hinchados; los costados, el vientre y el pecho volvían a coger peso. Unas veces probaba a dejarse bigote, otras se dejaba crecer la barba, otras se afeitaba del todo con esmero.

Una noche apareció en casa sin avisar. Parecía deprimido. Tenía ganas de hablar.

—Tengo que contarte algo malo.

—Dilo.

—Gianni me resulta antipático e Ilaria me pone de los nervios.

—También me pasó a mí.

—Solo me siento bien cuando estoy sin ellos.

—Sí, a veces pasa.

—Mi relación con Carla se arruinará si seguimos viéndolos tan a menudo.

—Puede ser.

—¿Tú estás bien?

—Yo sí.

—¿Es verdad que ya no me quieres?

—Sí.

—¿Por qué? ¿Porque te mentí? ¿Porque te dejé? ¿Porque te ofendí?

—No. Incluso cuando me sentí engañada, abandonada y humillada te quise muchísimo, te deseé más que en cualquier otro momento de nuestra vida juntos.

—¿Entonces?

—Ya no te quiero porque para justificarte dijiste que habías caído en el vacío, en un vacío de sentido, y no era cierto.

—Lo era.

—No. Ahora sé lo que es un vacío de sentido y lo que ocurre si consigues salir de él. Tú no, tú no lo sabes. Tú, como mucho, has echado un vistazo abajo, te has asustado y has taponado la grieta con el cuerpo de Carla.

Hizo una mueca de fastidio y me dijo:

—Tienes que quedarte más con los niños. Carla está de exámenes y no se puede encargar. La madre eres tú.

Lo observé con atención. Él era exactamente así. No quedaba nada que pudiese interesarme de él. No era siquiera un fragmento del pasado, era solo una mancha, como la huella que una mano dejó años atrás en una pared.

47

Tres días más tarde, cuando volví a casa después del trabajo, encontré en el felpudo de la puerta un objeto minúsculo, sobre un trozo de papel higiénico, que me costó identificar. Era un nuevo regalo de Carrano. Ya estaba acostumbrada a aquellas gentilezas silenciosas; hacía poco me había dejado un botón que había perdido y también un pasador de pelo que me gustaba mucho. Comprendí que esta vez se trataba de un regalo definitivo. Era el pulsador blanco del aerosol.

Entré y fui a sentarme al salón. La casa me pareció vacía, como si nunca hubiese estado habitada más que por marionetas de cartón piedra o por ropas que jamás habían ceñido cuerpos vivos. Me levanté y fui al trastero a buscar el bote de insecticida con el que había jugado Otto la víspera de aquel horrible día de agosto. Busqué las marcas de los dientes y pasé los dedos para sentir las huellas. Conseguí ajustar el pulsador y apreté con el índice, pero el líquido nebulizado no salió; solo se difundió un leve olor a insecticida.

Los niños estaban con Mario y Carla. No volverían hasta dentro de dos días. Me di una ducha, me maquillé, me puse un vestido que me favorecía y bajé a llamar a la puerta de Carrano.

Me sentí observada desde la mirilla un buen rato: imaginé que estaría intentando calmar los latidos de su corazón, que querría borrar de su cara la emoción por la visita inesperada. Vivir es esto, pensé, un sobresalto de alegría, una punzada de dolor, un placer intenso, las venas que laten bajo la piel; en realidad, no hay nada más que contar. Para proporcionarle una emoción aún más fuerte me mostré impaciente y toqué de nuevo el timbre.

Carrano abrió la puerta. Estaba despeinado. Tenía la ropa mal colocada y el pantalón desabrochado. Se estiró la sudadera oscura con las dos manos intentando cubrirse la cintura. Al verlo me costaba creer que supiese modular notas dulces y cálidas para transmitir el placer de la armonía.

Le pregunté por su último regalo y le di las gracias por los demás. Él le quitó importancia lacónicamente. Solo dijo que había encontrado el pulsador en el maletero de su coche y había pensado que me ayudaría a poner en orden mis sentimientos.

—Estaría entre las garras de Otto, o en el pelo, o incluso en la boca —dijo.

Pensé con gratitud que en aquellos meses se había dedicado con toda discreción a tejer un mundo seguro a mi alrededor. Ahora había realizado su acto más generoso. Quería darme a entender que ya no tenía de qué preocuparme, que cada acción se podía explicar con todos sus motivos, buenos y malos, que en resumen había llegado el momento de volver a la solidez de los lazos que unen espacios y tiempos. Con aquel regalo estaba intentando justificarse a sí mismo y me justificaba a mí atribuyendo la muerte de Otto a la casualidad del juego del perro durante la noche.

Decidí seguirle la corriente. Debido a su intrínseca oscilación entre la figura del hombre triste y sin color, y la del virtuoso intérprete de sonidos luminosos, capaces de hincharme el pecho y proporcionarme una impresión de vida plena, me pareció la persona que necesitaba. Naturalmente, dudaba de que aquel pulsador fuese de verdad el de mi aerosol, que fuese cierto que lo había encontrado en el maletero de su coche. Sin embargo, la intención con que me lo había ofrecido hacía que me sintiese ligera, como una sombra atractiva tras un cristal esmerilado.

Le sonreí, acerqué mis labios a los suyos y lo besé.

—¿Estuve mal? —preguntó con apuro.

—Sí.

—¿Qué te pasó aquella noche?

—Tuve una reacción exagerada que rompió la superficie de las cosas.

—¿Y luego?

—Me precipité.

—¿Y dónde caíste?

—En ninguna parte. No había fondo, no había precipicio. No había nada.

Me abrazó, me mantuvo apretada contra él un rato sin decir una palabra. Estaba intentando comunicarme en silencio que, gracias a un don misterioso, él podía fortalecer el sentido e inventar un sentimiento de plenitud y felicidad. Fingí que lo creía, y por eso hicimos el amor largamente, en los días y en los meses por venir, sin prisa.

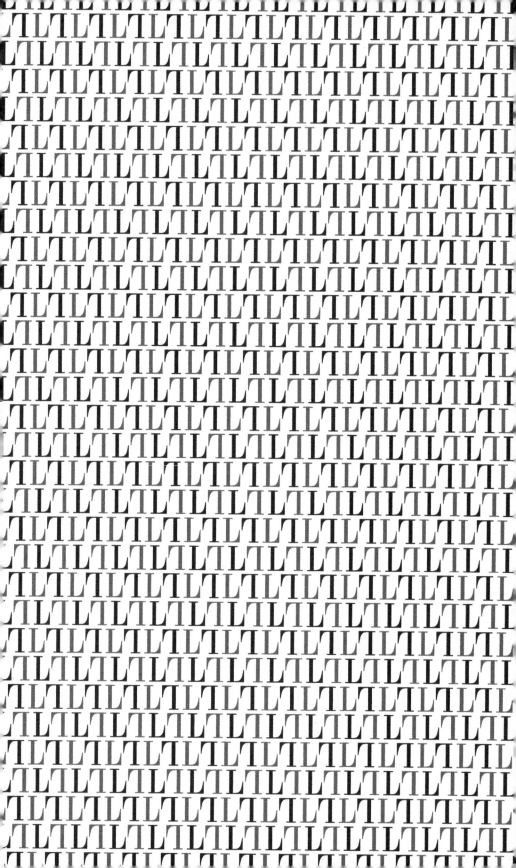